桂岳诗派

王先霈 / 主编

掬来一捧手如蓝

◎ 姚泉名 著

华中师范大学出版社

新出图证(鄂)字 10 号
图书在版编目(CIP)数据

掬来一捧手如蓝 / 姚泉名著. -- 武汉：华中师范大学出版社，2024.12. -- (桂岳诗派 / 王先霈主编).
ISBN 978-7-5769-0615-8
Ⅰ. I227
中国国家版本馆 CIP 数据核字第 20243SA269 号

掬 来 一 捧 手 如 蓝
JULAI YIPENG SHOU RU LAN

ⓒ 姚泉名 著

责任编辑：张怀东	责任校对：王 炜
封面设计：罗明波	
编辑室：学术出版分社	电话：027-67863220

出版发行：华中师范大学出版社有限责任公司
社址：湖北省武汉市洪山区珞喻路 152 号　邮编：430079
销售电话：027-67863426(发行部)
网址：http://press.ccnu.edu.cn
电子信箱：press@mail.ccnu.edu.cn

印刷：武汉精一佳印刷有限公司	督印：刘 敏
开本：880mm×1230mm　1/32	总印张：98.125
版次：2024 年 12 月第 1 版	印次：2024 年 12 月第 1 次印刷
总字数：1950 千字	总定价：898.00 元(全十二册)

欢迎上网查询、购书

敬告读者：欢迎举报盗版，请打举报电话 027-67867353
ISBN 978-7-5769-0615-8

《桂岳诗派》编委会

主　编　王先霈
顾　问　蔡红生
主　任　秦　恒　付义朝
副主任　钟文锐
成　员　李　晶　谢　琴　魏耀武
　　　　周　义　宋汉涛　沈　思
　　　　任梦璐

前　　言

校园诗人历来是当代中国文学的一支劲旅。从桂子山走出去、现已故去的知名诗人，新体诗有光未然、曾卓、董宏猷等，旧体诗有陶军、黄弗同、佘斯大等。目前活跃在诗坛上的则更多。

华中师范大学党委宣传部和出版社从校园文化建设的角度出发，策划出版《桂岳诗派》一书。华中师范大学出版社于1997年到2011年曾陆续出版过名为"桂岳书系"的系列丛书。该丛书编辑出版的目的在于"从根本上强化学校的建设，使高等学校稳稳地站立在文化的峰顶"。因此，这次策划出版《桂岳诗派》，在拟定选题名称上也借鉴了"桂岳"之名。

本套书在入选诗人的标准方面，经过多次讨论，最后确定的原则是：其一，只选目前健在的诗人；其二，以中青年诗人为主体，部分年长的诗人只要创作仍然活跃，亦可选入；其三，既可以选新体诗人，也可以选旧体诗人；其四，以华中师范大学校友出身的诗人为主体。秉承上述原则，刘益善、谢克强、李少君、张执浩、李强、余仲廉、邹惟山、段维、姚泉名、胡均华、剑男、易飞的优秀诗作入选《桂岳诗派》。12位诗人中有10位为华中师范大学校友，个别诗人虽未曾在桂子山求学、任教，但长期关注、支持华中师范大学诗教工作，高度认可"桂岳诗派"，为展现华中师范大学诗教工作既立足桂子山，又走出桂子山的博大和开放理念，我们也谨慎将之选入。

从入选的 12 名诗人的诗体来看，新体诗人占了 9 位，旧体诗人只占 3 位。这与当下新体诗的"强势地位"是吻合的。但新旧体诗从来不应该对立，而应该相互借鉴、相融共生。从诗歌的源头来看，旧体诗是新体诗的源头。新体诗在"五四"时期才从旧体诗的母体中分娩出来，自立门户。旧体诗有 2500 多年的历史，而新体诗的历史不过百年。现在就说新体诗一定会比旧体诗有前途，恐怕太过武断。新体诗还在不断嬗变中，将来走向何方谁也说不清楚。但可以肯定的是旧体诗不可能消亡，它会在不同时代因融入时代特色而卓然生辉。当然，新体诗完全可以从旧体诗中吸收有益的营养，发挥旧体诗所不具备的相对自由表达的优长，不断地去完善自己。从历史上来看，那些著名的新体诗的倡导者如胡适、闻一多、何其芳等，其旧体诗功底都极为深厚；而像徐志摩、戴望舒、余光中、郑愁予等，其新体诗中都充盈着旧体诗的元素。

刘益善从华中师范大学毕业后，长期在文艺单位工作，曾任湖北省作协副主席和《长江文艺》杂志社社长、主编，培养过众多的作家和诗人。他的《翠柳街》主要是对当下日常生活的思考，遥远乡村岁月的记忆，浩浩长江上的感悟，革命年代人事的叙写，是一种多声部的合唱。作者用朴实晓畅的诗句，书写了城市繁华中那留在小街的乡愁，乡村振兴后那遗留在一隅的旧屋，那挂在奔腾的万里长江江面的夕阳，大别山里的一响而聚众四十八万的铜锣，民主人士的最后演讲，深藏功名六十五载的老兵。诗里有长吟、有短咏，充满了激情和深情，有不绝如缕的思恋。

谢克强是一位相当活跃的诗人，曾任湖北省作家协会驻会副主席、《长江文艺》副主编、《中国诗歌》执行主编，对于作家和诗人而言也是一位知名的伯乐。他的诗集《风从故乡来》所收作品主要是其近期所作，无论是故乡的风、父亲的土地、母亲的炊烟、儿时的往事，还是阔别多年重回故土的万千感怀，都使诗人将乡情乡愁作了一番诗意的诠释。这种诠释已不再是乡情乡愁，而是一种根的哲学、一种人生与命运的诠释。诗人以质朴的语言、真挚的情感、不凡的构思，将实与虚巧妙结合，更将具象升华为意象，不仅营造出诗的情感境界，也使诗作获得美的意蕴，因而既给人以思想启迪，又给人以审美愉悦。

李少君曾任《天涯》杂志主编，现为《诗刊》主编，不少新体诗人视其为"掌门人"。《心学集》是他二十多年来的诗歌结集。二十多年来，他从天涯海角到京城，从祖国大地到世界各地，以诗为证，描述所见所闻，记录生活印迹，抒发内心情感，留下思考感悟。他遵循的诗歌原则是：诗歌是一种心学，诗歌更是一种情学，诗歌应该为世界提供意义；在勤奋开拓和孜孜劳作中，在人与诗的互证中，可以诗意地栖居在世界之上。

张执浩是一位新锐诗人，现为湖北省作协副主席、武汉市文联文学院院长，曾获第七届鲁迅文学奖。《每一次告别都是阳关三叠》收录他21世纪以来创作的自己比较喜欢的作品，侧重于呈现日常生活中的情感面貌，在对亲情、友情、爱情的书写中，呈现出诗人成熟浑厚的语言技艺，展现出轻言细语、委婉随性的美学质地，并由此形成了诗人"目击成诗，脱口而出"的诗歌风格。

李强是一位公务员出身的诗人，据说其爱诗成癖，真的到了看淡名利的境界。其诗集《武汉来了》分为上下两辑。上辑写"第一家乡"红色苏区龙港，下辑写"第二家乡"英雄城市武汉，这几乎囊括了作者全部的人生。写龙港的纯粹一些，作者梦回童年、少年，看山水草木、人情世故，如一首美丽的乡村咏叹调。写武汉的丰富一些，诗人从17岁开始读书工作于此，任职于省、市、区三级党政机关，以及大专院校、国有企业，对武汉的感受是整体的，又是具体的，他的诗如一首英雄城市进行曲。

余仲廉是一位知名的慈善家，他创建的博昊基金会已资助贫困大学生两千多人。他也是一位颇有名气的文化人，在哲学、美学、书法和书法评论等方面均有相当深厚的造诣。他经历丰富、爱好广泛，写诗可能只是"余事"，却出版了十几本诗集。他的诗集《我的所有》收录了其近年来创作的部分新诗，题材与内容很丰富，风格也十分鲜明。他以哲学思考着眼于存在，以哲学思维投注于生活，将身处世界、社会的所见所闻和所感所思以及对人生、自然、历史与文化等问题的思考转化成诗。因此，他的诗歌有着独特的思想感悟、深刻的人生哲理，不仅内在的思想相当突出，而且外在的感性也得到了保存，诗与思比较好地融合在了一起。

邹惟山是华中师范大学文学院的教授,以文学地理学研究和十四行组诗写作见长,曾任《中国诗歌》副主编、《外国文学研究》副主编、《世界文学评论》主编。他至少属于教学、科研、创作三栖人才。他于诗新旧兼修,又力图在形式上有所创新。《桂岳集》是他开始无韵自由体创作之后的第一部诗集,收录了他最近三年的部分诗作,大致以编年体的方式呈现。这些作品主要表现了他在行旅中的所见所闻,但并不限于目之所及和耳之所闻,而是可以由此及彼、由表及里,抒发了他对世界大局与中国命运的思考,以及对于人生意义与自然存在的探索,具有一定的深度与广度,同时也富于诗情与画意。

段维在华中师范大学出版社做了30年编辑,任副总编、总编近20年,后来改做党务工作,现为中华诗词学会乡村诗词工作委员会主任、湖北省中华诗词学会会长。他的本科、硕士以及博士学的都是政治学,但不少人最初以为他是学中文的。其诗集《一生知己是文章》收录了其在2021年1月—2024年5月间创作的旧体诗词作品。他称自己的创作题材大致有三类,简称"三园",即"故园""校园"和"政园"(时政诗)。他是一个有着明确目标追求的旧体诗人和诗学研究者,在守正创新方面取得了较好的平衡。他的时政诗一开始主要采用七律体裁,探讨意指的多重性和句式的多样性,后来这种风格也渗透到其他题材之中,被诗评界称为"不言体"(段维字不言)。而在词的创作方面,他又尽量保持词之要眇宜修的本性,尤其是小令还保留着花间词的气息，长调则呈现豪放与婉约兼具的特征。他的故园诗词，对父亲的书写别具一格，这是其他旧体诗人很少涉足的题材。他对校园诗词有着自己的定义，认为校园诗人所写的诗词并非一定就是校园诗词，而是只有写出了校园特色的诗词才是校园诗词。他写的学生宿舍搬家、学生晒被子、学生云上毕业论文答辩、校园防疫等题材，无不深入师生的个性生活之中。

姚泉名早年从事语文教学，现任中华诗词学会乡村诗词工作委员会副主任兼秘书长、湖北省荆门聂绀弩诗词研究基金会代理事长，可谓是专业的旧体诗人了。其诗集《掬来一捧手如蓝》收录了其在2010—2023年间创作的诗词作品400余首，在"雅正出奇，求正创新"的理念下，他以传统诗词抒写古今之事、感发天地之音。其笔下的人事景物，无不是其在游历过程中对历史的追索、对时空的叩问、对禅道的妙悟、对山水的感知、对民情的回放、对风俗的描绘、对朋友的酬唱、对世事的体会。他的作品创造性地融合古今元素，恰如其分地将当代思维与时代语言揉入古典诗词创作中，既展现了传统诗词的古雅之美，又呈现了当代格律诗词的活力。

胡均华曾经当过语文教师，当过公务员，也曾下海经商，经历丰富，现任湖北省中华诗词学会副会长兼秘书长。其诗集《云水禅音细细吟》收录了其在2015—2024年间创作的诗词作品400余首。他秉承"写真生活，发真性情"的创作理念，多取材于现实生活，从所闻、所历、所感的日常过往中生发诗意，既见家国情怀，亦具市井烟火气息。

其在艺术表达上追求情景相生、清新自然的风格，注重对中华诗词经典作品章法、技法的精研考究，并应用于指导当今诗词创作实践，倡导并践行传承与创新并行、读与写结合、入情入境的诗词创作方式。描绘诗意的生活，表达生活的诗意，是《云水禅音细细吟》所刻意追求和努力呈现的。

剑男在华中师范大学文学院当过刊物编辑和教师，是一位低调而勤奋的诗人，作品曾获丁玲文学奖、湖北文学奖。其诗集《万物都有一个安静的去处》收录了其在2015—2024年间创作的诗歌作品200余首。该诗集聚焦诗人故乡幕阜山的自然山水和风土人情，以及生存于其间的父老乡亲们艰辛而淳朴的乡村生活，集中展现了诗人渴望通过诗歌重建人与自然关系的写作理想。剑男的诗歌注重人对自然的深度介入，既有精神的高蹈，也有对生活现场的热情灌注。故乡的一草一木在诗人笔下回归自身，自然和人作为本体被再次发现，在对朴素生活的观察中渗透着深刻的思考。

易飞早年在报社做过记者，后来在杂志社做过总编，兼写长篇小说，近几年转为新体诗创作与评论。据他自己说"算是找到了感觉"。其诗集《傍晚下起了阵雨》是其2020年回归诗歌后的作品结集。其诗作题材丰富，风格不断变化，饱含热情、勤勉和朴诚的精神，引起诗坛关注。其诗艺渐至精妙，且日臻浑圆，不断有佳作出现。特别是其"亲人系列"作品，情感深沉，含义幽微，别开生面，余味厚重。他近年开启"易飞掰诗"评论系列，精读文本，从一个写手的角度直言自身感受,其庄敬、实诚、直接的论诗风格为人所称道。

　　以上只是对 12 位诗人的作品进行一种浮光掠影式的浏览,旨在为读者勾勒出"桂岳诗派"的总体形象:每一位入选者都有自己的特色,集合在一起会爆发出巨大的能量。武汉大学有"珞珈诗派",10 年前就树起了旗帜,影响不小。后起的"桂岳诗派"能否向"珞珈诗派"看齐,或者形成"比学赶帮超"的态势,则取决于华中师范大学诗人群体的共同努力。当下我国诗坛的诗派不是太多,而是太少,为什么不可以在学校提出建立"桂子学派"的同时,也建立一个影响广泛的"桂岳诗派"呢?同时,也希望我们的每一所重要的大学,都能结合自己的优势和特色,在这方面做出一个或多个样板来。

2024 年 6 月 28 日

目　录

诗　部

七绝 / 003

2014 年 / 003

甲午春节夜闻鞭炮声有作 / 003

过一粒寺 / 003

侏儒山玉泉寺 / 004

雾中登大洪山 / 004

夜宿琵琶湖即景 / 005

金龙水寨赏荷 / 005

即席赠柳忠秧 / 006

悼高仓健 / 006

2015 年 / 007

寿县梨花 / 007

沧浪馆寺 / 007

因母亲确诊口占 / 008

泸州晓望 / 008

2016 年 / 009

高举阁饮擂茶口占 / 009

代桃苞答 / 009

长阳夜访杨发兴吟翁 / 010

安昌竹枝词 / 010

  其一 / 010

  其二 / 010

  其三 / 011

  其四 / 011

  其五 / 011

  其六 / 011

夜抵迁安 / 012

浏阳瞻谭嗣同故居 / 012

致战友广元谢文俊 / 013

2017 年 / 013

乘高铁自京返汉 / 013

女儿学做菜 / 014

过柳州 / 014

游长阳方山栈道 / 015

见人惧过玻璃栈道有感 / 015

游仙岛湖戏赋 / 016

瞻梅兰芳故居 / 016

巫溪道上 / 017

2018 年 / 017

内子偶以失眠住院病房陪床于鼾歌中得三绝 / 017

　　其一 / 017
　　其二 / 018
　　其三 / 018
厦门登五老峰 / 018
望长湖 / 019
亳州岳武穆王庙 / 019
八台山观日出 / 020
观武汉院子 / 020
题遂昌金矿 / 021
2019 年 / 021
宿黄梅东山寺 / 021
巴河泛舟 / 022
襄阳访老部队 / 022
2020 年 / 023
沉湖竹枝词 / 023
　　其一 / 023
　　其二 / 023
　　其三 / 023
　　其四 / 023
西行道中 / 024
2021 年 / 024
游阳朔 / 024
过洛阳 / 025
与合友兄访涉县朝鲜义勇军旧址次韵 / 025
瓯江夜泛 / 026

斗方山望湖楼作 / 026

2022 年 / 027

入伍卅二年纪念日同城战友聚会 / 027

贺洛阳诗词协会成立 / 027

沙洋油菜花 / 028

空难 / 028

素山寺杜鹃花 / 029

宿公安 / 029

公安县德义垱村观莲 / 030

彰武县第六届苏鲁克诗人节草原诗会 / 030

安达居闻马头琴次韵达尔罕夫 / 031

嘉鱼蜜泉湖 / 031

2023 年 / 032

致省老年大学古诗欣赏班学员 / 032

题东亭学校"春天的诗"比赛活动 / 032

贺蕲春县诗词学会二代会 / 033

登接天山 / 033

与中华诗词学会评论委员会癸卯年第一次全会有感 / 034

戏题金凤山 / 034

宿三堆河 / 035

神农架九松线道中 / 035

题龙桥暗河 / 036

大窝海豚湾 / 036

宿三峡凉都兴隆镇 / 037

贺仙桃白泥湖诗社成立寄刘厚元先生 / 037

五律 / 038

2014 年 / 038

厉山谒炎帝大像 / 038

观曾侯乙墓 / 038

游四祖寺 / 039

游陈福岭 / 039

2015 年 / 040

少林寺 / 040

游风穴寺 / 041

赠梁竹阁红尘寒学 / 041

游三祖寺 / 042

陪古木兄远安县觅知青旧地即席 / 042

洪山镇徐明山葛安云邀饮赠之 / 043

洪山禅寺 / 043

游普觉寺 / 044

2016 年 / 044

杨岐山普通寺 / 044

过天岳关 / 045

赤壁怀古 / 045

丙申中秋偕鹿鸣诸贤汉阳谒祢衡墓 / 046

丙申海峡诗会与庄伟杰兄共饮 / 046

游崇州光严禅院 / 047

严西湖谒吴主寺 / 047

2017 年 / 048

长沙登杜甫江阁 / 048

咸宁白云庵 / 049

2018 年 / 049

三爪仑道中 / 049

信阳灵山寺 / 050

登万源八台山 / 050

宿桃花冲 / 051

登将军山 / 051

登天台山 / 052

登明堂山 / 052

岳西访云台禅寺 / 053

宿大云山 / 053

2019 年 / 054

登宫台山 / 054

游普陀山 / 055

余姚瞻阳明先生讲课处中天阁 / 055

与友奉节船上夜坐 / 056

达川真佛山 / 056

长沙留别嘉义大学陈茂仁教授 / 057

游张家界 / 057

与全国第三十三届中华诗词暨苏东坡研讨会宿惠州宾馆 / 058

2020 年 / 058

庚子新正疫事中次韵答景秀兄 / 058

江城避疫致巴山社友 / 059

游天求寺不值 / 059

庚子秋日次韵梓煜 / 060

三角山遇雨 / 060

汨罗谒屈子祠 / 061

谒屈原墓 / 061

军博观抗美援朝出国作战七十周年展 / 062

谒骆临海祠 / 062

谒郑广文祠 / 063

2021 年 / 064

慈云寺遇雨 / 064

东湖春晴独步 / 064

登天马阁 / 065

登南明山 / 065

夜登应星楼 / 066

2022 年 / 066

与随州诸君登田王寨 / 066

雾中再登大洪山 / 067

瞻厉山神农洞 / 067

题万和镇归真居 / 068

咸宁草堂诗社五周年庆次韵孙成尧先生 / 068

闻木楼兄将莅嘉鱼有寄 / 069

英山偶过云隐寺 / 069

壬寅登崇阳葛仙山 / 070

壬寅冬日访仙人台白云观不值 / 070

2023 年 / 071

宿溆浦 / 071

棣花驿过宋金街 / 072

谒四皓墓 / 072

游华清宫 / 073

兵谏亭 / 073

谒秦始皇陵 / 074

过鸿门宴旧址 / 074

孟原眺华山 / 075

潼关 / 075

自华阴至华阳道上 / 076

洛南访仓颉授书处 / 076

蔡文姬墓 / 077

春日登天柱山次韵卢冷夫先生 / 077

中庙望巢湖 / 078

冬日游泾县桃花潭 / 078

偕南漳诗友游春秋寨 / 079

登澧浦楼 / 079

偕安陆诸贤访白兆寺遗址 / 080

赠安陆棠棣诗社诸贤 / 080

宿东山问梅村与诸君茶叙 / 081

宿张谷英村 / 081

游河洛汇流处 / 082

巩义谒石窟寺 / 082

瞻常香玉红色艺术纪念馆 / 083

乐平里屈原庙逢黄家兆先生 / 083

娄底聚席馆夜饮次韵静若 / 084

七律 / 085

2014 年 / 085

女儿生日有寄 / 085

记母言 / 085

次韵酬长阳清江子 / 086

2015 年 / 087

人日赏梅次韵周清印 / 087

乙未试笔 / 087

巩义谒杜甫墓 / 088

谒三苏坟 / 088

武昌与李子夜饮 / 089

过回马坡 / 089

2016 年 / 090

谒平江杜拾遗墓 / 090

悼柯展翅先生 / 090

谒岳王坟 / 091

丙申端阳后一日孙寅兄招饮拈"乡"字 / 091

谒红四方面军指挥部 / 092

游澄水洞 / 092

2017 年 / 093

次韵半山村夫先生贺武汉诗书画影联谊会成立 / 093

大泽乡登涉故台 / 093

萧县瞻淮海战役总前委会议暨华野指挥部旧址 / 094

奉节瞻杜甫橘园遗址 / 094

游昭君村 / 095

2018 年 / 095

挽成功大学吴荣富教授 / 095

临川瞻王安石纪念馆 / 096

次吴树成先生七十自况韵以贺 / 096

次韵贺郭松权先生七十初度 / 097

鄂王城遗址 / 097

谒李依若故居 / 098

次韵刘安定、吴文昌谒明显陵 / 098

谒鲁迅墓 / 099

昭关怀古 / 099

遂昌游汤显祖纪念馆 / 100

刘光第殉难百二十周年纪念大会即席 / 100

戊戌谒刘光第墓 / 101

偕川中诗友游富顺西湖 / 101

瞻红二十八军军政旧址 / 102

红安过秦基伟上将故居 / 102

戊戌岁暮用"悠然"韵 / 103

2019 年 / 104

抵舟山 / 104

溪口 / 104

余姚谒朱舜水纪念馆 / 105

谒五人墓 / 105

陪东湖诗社诸先生瞻二程书院 / 106

晨谒关林 / 106

随蔡竞兄通州访问小文老棣夜游运河次韵 / 107

己亥十五将至听雪邀饮东湖之滨拈得"明"字 / 107
修水瞻陈氏祖屋右铭散原父子生于斯 / 108
瞻汈痴寄庐 / 108
谒惠州东坡祠 / 109
2020 年 / 109
春疫 / 109
次韵罗辉先生庚子年关即事 / 110
抗疫 / 110
抗疫次韵老禾先生 / 111
核酸转阴性作 / 111
疫中羁寓谢诸友赓和再用前韵 / 112
庚子春武汉羁寓 / 112
疫中次韵奉寄唐佳先生 / 113
疫后次韵寄景秀兄二首 / 113
  其一 / 113
  其二 / 114
过陈秋舫故里 / 114
咸宁谒何功伟烈士纪念园 / 115
过武昌黎元洪公馆 / 115
登半壁山楚江亭 / 116
谒黄侃墓 / 116
蕲州谒胡风纪念馆 / 117
2021 年 / 117
庚子冬感 / 117
《洪山诗苑》编委华都小聚次韵冯继军先生 / 118

辛丑清明谒李太白墓 / 118

平江瞻李六如故宅适逢修缮 / 119

登涉县五指山 / 119

访昆明聂耳故居次韵得虑斋 / 120

昆明谒升庵祠 / 120

酬雪湘明先生赐藏书印 / 121

旧书坊见去世老诗人藏书尽贾之 / 121

谒沈佺期墓 / 122

登万象山致丽水诸君 / 122

绩溪访胡适故居 / 123

2022 年 / 123

辛丑腊八东亭路小聚得"归"字 / 123

鹤峰道中 / 124

老河口瞻原国民政府第五战区李宗仁司令官邸旧址 / 124

壬寅春感 / 125

壬寅春日次韵尹公兼寄鹿鸣诸友 / 125

登阜新海棠山次韵罗辉先生 / 126

雨中海棠山观摩崖造像次韵王聪颖先生 / 126

游沈阳故宫 / 127

壬寅自寿 / 127

与《侏儒山文萃》首发式赠周君志益 / 128

挽皇甫国先生 / 128

贺白雉山先生九秩华诞 / 129

挽滕伟明公 / 129

挽杨叔子院士 / 130

挽向进青老会长 / 130

挽鹰台诗社姚争杰社长 / 131

2023 年 / 131

湘乡访陈赓故居 / 131

隆回访魏源故居 / 132

偕南漳诗友游水镜庄 / 132

冬日登池州齐山次韵小杜 / 133

宿五言陆色 / 133

谒永昭陵 / 134

信谷道长约癸卯谷雨雅集不能与次韵奉寄 / 134

癸卯重登鸣凤山 / 135

观双槐树遗址 / 135

游康百万庄园 / 136

戴溪小学瞻赵瓯北像 / 136

登天宁寺塔 / 137

长平怀古 / 137

谒羊头山神农庙 / 138

癸卯四月初八高平祭炎帝有怀 / 138

枣阳登光武点兵遗址无量台嵌张轩湖首句 / 139

白水寺 / 139

游枣阳汉城 / 140

访舂陵村光武初举兵无马骑牛上阵故有第五句 / 140

访惠岗马家营 / 141

雨中王谢堂馆长领观古石雕大观园 / 141

桓台瞻王渔洋故居 / 142

悼李辉耀老师 / 142

  其一 / 142

  其二 / 143

  其三 / 143

百羊寨访李来亨营地遗址 / 143

癸卯二伏游神农架 / 144

三峡第一村夜饮 / 144

偕清安、世才、健安诸先生恩施六角亭访樊樊山故居
 不遇 / 145

贺《恩施诗词百年》发布 / 145

沙湖 / 146

瞻曾国藩故里富厚堂 / 146

癸卯端阳乐平里路饮次韵王新才教授 / 147

茗帮后巷之约不能赴分得"人"字 / 147

砀山采梨 / 148

砀山二中听全校齐诵诗词 / 148

癸卯秋偕京鄂诸君上梁子岛 / 149

癸卯秋过曹公祠 / 149

参观大冶南山头 / 150

谒大冶兵暴旧址 / 150

访息国故城遗址 / 151

登横岗山 / 151

贺宁夏诗词学会七代会召开 / 152
古风 / 153
2014 年 / 153
游黄梅老祖寺 / 153
2015 年 / 154
登嵩山 / 154
侍母 / 155
2016 年 / 156
游安源煤矿 / 156
戏咏梅拈"那"字 / 156
2017 年 / 157
贺中州嵩岳诗社成立 / 157
2018 年 / 158
登天柱山 / 158
马渡关 / 158
2019 年 / 159
戊戌岁暮感怀 / 159
探香溪源得"此"字 / 160
洛阳赏牡丹 / 161
岳阳塔 / 161
谒甘宁墓 / 162
贺涵社成立 / 162
梅兰芳曲 / 163
偕妻游净居寺次东坡韵 / 164

九日罗山县望龙山 / 164

宿修水 / 165

登八仙垴 / 165

偕勇刚兄夜步湘江堤时与中南大学诗会 / 166

追和孟襄阳登鹿门山怀古 / 167

己亥大雪日有约不能践遥得"主"字 / 167

荆门惠泉和东坡 / 168

己亥冬汉上初雪 / 168

2020 年 / 169

游罗浮山次韵东坡 / 169

赋春水 / 170

贺朔州诗词学会成立致红儒兄 / 170

泌阳盘古山 / 171

石鼓寺 / 171

庚子诗会与赣川冀诗友小酌以陈散原"来作神州袖手人"
　　分韵得"袖"字 / 172

咸宁博物馆商代铜鼓 / 173

2021 年 / 173

三叠泉 / 173

咏牛得"不"字 / 174

咏酒 / 174

瞻徐霞客纪念馆 / 175

昆明陈氏兄弟歌 / 176

随州苦雨作 / 177

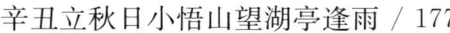

辛丑立秋日小悟山望湖亭逢雨 / 177
孟晚舟行 / 178
访段维会长拂尘园 / 179
陪胡迎建、郑福太、段维诸会长登行吟阁次韵胡会长 / 179
步巴东寇准公园 / 180
登巴东大面山 / 180

2022 年 / 181

龙锚岭叟 / 181
宝地温泉小镇行 / 182
京山花苑台 / 183
壬寅仲秋宿英山白莲河 / 183
长征体验行 / 184
致覃重军团队 / 185
壬寅秋登安陆白兆山次韵青莲居士 / 185
英山油面行 / 186

2023 年 / 186

登九华山 / 186
白兆山访桃花洞 / 187
屈原村照面井 / 187
偕尔雅诗友游龙进溪 / 188
黄梅谒鲍照墓 / 189
登白盐山 / 189
谒西夏王陵 / 190

词　　部

小令 / 193

2014 年 / 193

相见欢·生日感怀 / 193

武陵春·游五祖寺 / 193

浣溪沙·游西塞山次韵辜学超小友 / 194

菩萨蛮·谒岳阳鲁肃墓 / 194

浣溪沙·赞徐虎 / 195

菩萨蛮·赞秦云贵 / 195

2015 年 / 196

柳梢青·偕华科大瑜珈诗社诸贤沉湖观鸟 / 196

西江月·赏消泗油菜花 / 196

踏莎行·夜游东湖樱园 / 197

浣溪沙·与高原风芹溪堂主等游远安玄庙观水库 / 197

浣溪沙·题潜江《乡韵》 / 198

浣溪沙·九宫山避暑 / 198

浣溪沙·远安县嫘祖庙会 / 199

2016 年 / 199

鹧鸪天·井冈山 / 199

鹧鸪天·丙申夏日游黄鹤楼次韵乔本琳大姐 / 200

南柯子·和施议对教授丙申重阳华中访学有作 / 200

临江仙·奉和皇甫国先生秋日书怀 / 201

2017 年 / 202

浣溪沙·丁酉端午借舟游斧头湖 / 202

西江月·游黄陂古门峰 / 202

鹧鸪天·偕妻至黄陂快活岭庄园采桃戏作 / 203

虞美人·灵璧县瞻虞姬墓 / 203

浣溪沙·萧县游皇藏峪 / 204

浣溪沙·游清江画廊 / 204

临江仙·汉口江滩渔港小酌拈得"春"字 / 205

浣溪沙·第三届当代诗词创作批评与理论研究青年论坛即
　　席 / 205

2018 年 / 206

定风波·宿达州莲花湖 / 206

西江月·访谭家沟 / 206

浣溪沙·访万源天池坝移民安置新村 / 207

踏莎行·磐石草莓园 / 207

鹧鸪天·参观自贡恐龙博物馆 / 208

2019 年 / 208

柳梢青·春雨登虎丘 / 208

浣溪沙·通城东壁溪赠胡松老棣 / 209

鹧鸪天·己亥暑日君山御园饮茶 / 209

鹧鸪天·题武昌诗警文化墙赠楚成 / 210

踏莎行·中南大学听王志敏君弹词 / 210

2020 年 / 211

浣溪沙·庚子寄内 / 211

玉楼春·疫中隔离次韵寄程林兄 / 211
卜算子·疫中隔离步韵寄筠子女史 / 212
浣溪沙·贺宋定超先生《老农夫诗词集》付梓 / 212

2021年 / 213

菩萨蛮·瞻芷江受降堂 / 213
鹧鸪天·游屏山峡 / 213
浣溪沙·吕王道中 / 214
踏莎行·游石门洞次韵范诗银先生 / 214
浣溪沙·洪湖泛舟 / 215
南乡子·偕绩溪徽州文化采风诗家步徽杭古道 / 215

2022年 / 216

菩萨蛮·洪湖谒绍南村 / 216
鹧鸪天·大德镇万亩人工治沙示范区 / 216
减字木兰花·访赵一荻故居 / 217
西江月·夜游双凤楼次韵孙成尧先生 / 217

2023年 / 218

鹧鸪天·访蔡山晋梅次韵兼寄范诗银先生 / 218
浣溪沙·题行吟阁贺"湖北诗词"公众号上线 / 218
偷声木兰花·偕夌山诸贤乘长江荣耀轮赏灯光秀 / 219
西江月·青果巷 / 219
鹧鸪天·癸卯与诗会宿常州怀东坡 / 220
鹧鸪天·游高平良户村 / 220
西江月·麂子渡村 / 221
浣溪沙·参观百瑞源枸杞产业园 / 221
浣溪沙·题立兰酒庄 / 222

翻香令·贺兰沟看岩画 / 222

东坡引·癸卯庚楼诗会席上分得"夜"字 / 223

浣溪沙·宿龙凤山庄 / 223

鹧鸪天·东坡赤壁诗社建社暨《东坡赤壁诗词》创刊四十
   周年座谈会次韵罗辉先生 / 224

中长调 / 225

2014 年 / 225

贺新郎·瞻章华台遗址 / 225

水龙吟·游君山遇雨 / 225

永遇乐·过卢沟桥 / 226

水龙吟·次韵送王崇庆先生归荆州即席 / 227

2015 年 / 227

金缕曲·登楚天台 / 227

贺新郎·登白浒山 / 228

2016 年 / 229

念奴娇·丙申夏参观中原突围纪念馆 / 229

2017 年 / 230

永遇乐·赠湖北省老年大学诗词研修班毕业学员 / 230

金缕曲·丁酉重阳偕诸友谒北伐汀泗桥战役遗址 / 230

金缕曲·登长沙天心阁 / 231

2018 年 / 232

念奴娇·荆州剧院观歌舞情景剧《沧浪水清》/ 232

满江红·鄂州西山望江亭次韵段维教授 / 232

渡江云·偕妻葛山赏雪 / 233

2019 年 / 234

华胥引·武昌迎文政公得"湿"字 / 234

唐多令·寄中华艺术大家研习班诸同学得"涯"字 / 234

水调歌头·漳河水库泛舟 / 235

2020 年 / 236

声声慢·庚子春疫中酬范诗银先生 / 236

一萼红·春夜雷雨次韵再呈范诗银先生 / 236

水调歌头·陪父亲至孝感花园镇访老部队旧址 / 237

高阳台·贺鹰台诗社公众号创建 / 238

2021 年 / 238

定风波·东湖行散遇雨 / 238

安公子·瞻鄂州观音阁 / 239

石州慢·访大悟金岭村 / 240

暗香·庚子岁杪鄱阳姜夔纪念馆赏梅次韵 / 240

八声甘州·登采石矶三台阁 / 241

庆春泽慢·偕诸君游昆明捞渔河公园 / 241

念奴娇·辛丑秋登鄂城西山次韵何言兄 / 242

定风波·绩溪游龙川古村 / 243

2022 年 / 243

紫玉箫·壬寅小满日贺长缨诗社成立次韵范诗银先生 / 243

贺新郎·致壬寅中华诗词学术论坛莅荆门嘉宾 / 244

行香子·参观天门长寿山原村 / 245

宴清都·章古台 / 245

南楼令·抵沈阳过九一八历史博物馆 / 246

苏幕遮·壬寅新秋偕草堂诗社诸君夜游二乔公园 / 246

2023 年 / 247

一剪梅·癸卯二月初三陪安陆诸君游东湖小梅岭 / 247

青玉案·癸卯春游洪湖临水庐农庄 / 247

解连环·与第四届中华诗人节暨第九届杜甫国际诗歌周谒
　　杜甫故里 / 248

卜算子慢·题高平珐华艺术馆 / 248

青玉案·观镇北堡西部影视城 / 249

蝶恋花·赞房县朱胜利 / 249

贺新凉·癸卯中秋前一日虎桥酒庄夜饮赠李光华先生 / 250

解语花·芙蓉镇 / 251

满江红·癸卯秋吴门董学增先生过武昌分韵得"古"字 / 251

念奴娇·柴桑谒陶靖节祠 / 252

征招·悼扬州大学刘勇刚教授 / 252

念奴娇·贺天门女子诗社成立三周年 / 253

我的诗词观片断（代跋）/ 254

诗　部

七绝

2014 年

甲午春节夜闻鞭炮声有作

爆竹迓春扰我眠,犹疑瀛海起硝烟。
水师能战候谁战,又到神州甲午年。

2014-2-2

过一粒寺

闭门孤寺菜花间,衲缀僧衣挂殿栏。
沧海多情存一粒,是沙是泪是垂涎?

2014-3-20

侏儒山玉泉寺

小巷深深日欲斜,山门虚掩是僧家。
大雄殿里三身佛,闲看阶前石竹花。

2014-6-8

雾中登大洪山

金顶巍巍雾转浓,大洪峻岭了无踪。
千山何必都看尽,莫负眼前三四峰。

2014-6-12

夜宿琵琶湖即景

三号楼前灯影新,水边栀子晚香匀。
我将归卧浮鱼动,惊碎湖湾月一轮。

2014-6-13

金龙水寨赏荷

一汊湖光映藕花,风翻莲盖向山斜。
群鸥飞起本无事,惊着眠香浮水蛙。

2014-7-26

即席赠柳忠秧

清华眸子点星光,赋罢长歌鬓已霜。
一变诗风山海悦,九州新说柳生狂。

2014-7-30

悼高仓健

刀刻音容火样心,当年映画杜秋真。
而今谁记高仓健,世上都怜善笑人。

2014-11-10

2015 年

寿县梨花

白雪生香树树风,堆星凿月赛天工。
可怜海日思难解,寿县春花晒不红。

2015-3-13

沧浪馆寺

菜花已尽柳芽新,竹下敲门寂寞人。
小寺老僧春睡足,细追往事雨如尘。

2015-4-4

因母亲确诊口占

断非恶性泪盈盈,派特①真能判死生。
一纸最看良字好,诊书始敢榻前呈。

【注】①派特,脉冲傅里叶变换核磁共振仪(PFT-NMR)。

2015-9-15

泸州晓望

静静烟江向晓开,青山城郭两无猜。
凭窗正爱泸州好,群鸽从天泼下来。

2015-10-28

2016 年

高举阁饮擂茶口占

味兼姜豆并芝麻,漫撒天香米泡花。
高举阁前闲极目,沅江看我喝擂茶。

2016-2-27

代桃苞答

粒粒花苞似弹丸,莫言桃李怯阴寒。
一朝待得东君令,炸个春天给你看。

2016-3-4

长阳夜访杨发兴吟翁

风霜无数落慈眉,唇角时含一笑微。
春夜清江亲送客,柳花沾袖立山扉。

2016-4-6

安昌竹枝词

其　　一

三里街河十七桥,里安利市卧春潮。
土人懒向月桥过,隔岸相谈吴语娇。

其　　二

拱桥穿过又平桥,北岸家家挂市招。
水巷桨声柔似你,乌篷船在梦中摇。

其 三

流光慢下石街长,闲坐临河风雨廊。
方桌一围烟一点,小炉煮响是茶香。

其 四

船家待客睡何妨,毡帽遮颜舟作床。
午日闲闲游客少,桥头竹架晒香肠。

其 五

骑楼柱上蔗饴黄,挽去缠来扯白糖。
八秩传人陈锦水,玉龙在手戏如常。

其 六

老店名传母子油,海鲜米醋亦称优。
舌尖一滴仁昌酱,半个绍兴在里头。

2016-4-28

夜抵迁安

万里乘风意未停,燕京东去暮云青。
车灯扫净迁安路,一带滦河盛满星。

2016-6-8

浏阳瞻谭嗣同故居

古宅苍苔惹市尘,挂墙剑气动龙鳞。
浏阳河畔佳公子,曾作昆仑唤醒人。

2016-8-20

致战友广元谢文俊

别后山川廿四秋,几无音信托江鸥。
老妻也识君名字,只缘惯说旧时愁。

2016-12-4

2017 年

乘高铁自京返汉

燕原万里向天平,寒麦初苗隐隐青。
归路才嫌暮烟暗,夕阳烧亮一河冰。

2017-1-11

女儿学做菜

猪肝有幸炒黄瓜,白菜开心衬碗花。
治国也须厨艺好,生涯本似过家家。

2017-1-18

过 柳 州

初过龙城莫正颜,闲心还得带憨顽。
青峰矗与他方异,九齿钉耙是远山。

2017-2-2

游长阳方山栈道

天比方山栈道低,踩风偕友看稀奇。
日头只恐游人摘,忙趁云飞躲向西。

2017-7-5

见人惧过玻璃栈道有感

绝壁玻璃栈道平,扶山骨软步难行。
风光敢再随心看?脚下于今变透明。

2017-7-6

游仙岛湖戏赋

山围碧水白云隈,翠岛浮波多少堆?
只羡仙家场面大,一锅饺子上千枚。

2017-7-8

瞻梅兰芳故居

衔杯醉步事犹存,一曲杨妃酒尚温。
缀玉轩前秋树碧,满庭风影似梅魂。

2017-9-21

巫溪道上

不是奇峰已不惊,奇峰看惯亦平平。
大宁河畔秦巴路,扭去扭来山欲倾。

2017-10-6

2018 年

内子偶以失眠住院病房陪床
于鼾歌中得三绝

其 一

世态纷纭致不眠,独醒为病寐为贤。

一锥清冷葡萄水,也作黄粱梦里仙。

其　　二

白床单冷不如家,夜半缠心有乱麻。
鬼不吃人很久了,是何魔怪更磨牙。

其　　三

你方嗯罢我来呼,有个人间清净无?
许是阴阳都一样,邻床梦里也长吁。

2018-1-17

厦门登五老峰

海山欲雨水云昏,港外青螺数点痕。
五老峰头登石立,东南一角望金门。

2018-2-22

望 长 湖

一带晴光灿似银,水烟淡抹菜花新。
年闲未尽渔村暖,扯嫩堤头野韭春。

2018-3-8

亳州岳武穆王庙

人物未随涡水流,岳王庙里为秦羞。
九州跪遍东窗事,不止杭州与亳州。

2018-5-20

八台山观日出

人醒已立五更山,要候太阳云际还。
一剑划开天已笑,万峰岂敢不开颜。

2018-5-30

观武汉院子

粉墙黛瓦水云间,满院风华邻旧湾。
最是凭窗看不足,㟃湖一角洗㟃山。

2018-7-7

题遂昌金矿

不畏崇山矿脉深,可怜千载细搜寻。
地心一粒取犹净,肯使矿人如矿金。

2018-9-26

2019 年

宿黄梅东山寺

峰头野月与云飞,竹下客房灯火稀。
禅话说完尘梦始,数声响版又催衣。

2019-5-5

巴河泛舟

突突舟行两岸闻,水风撩动碎花裙。
漫山青柏皆伸手,齐到江中捉白云。

2019-6-7

襄阳访老部队

吴冲晓雾淡还浓,细柳依稀识旧踪。
二十六年山未改,青春储在数重峰。

2019-12-8

2020 年

沉湖竹枝词

其 一

黄丝河畔坐春风,挖口闸头天不穷。
水暖草深鸿雁去,菜花金让紫英红。

其 二

平川云梦泽痕留,洪北堤望罗汉洲。
蛙鼓蜂琴黄蝶舞,早教白鹭落汀头。

其 三

野蔬任采不需钞,消泗人家备上肴。
芦笋才随菜花尽,门前围坐剥新茭。

其 四

苜蓿花间坐似僧,农闲约得忘形朋。

长河水比大河缓，两寸喜头扯钓绳。

2020-4-10

西行道中

驼刺堆堆车外奔，平沙尽处起山痕。
此行枉作江南客，未带春风过玉门。

2020-9-29

2021年

游　阳　朔

山似地球心电图，心虽乱跳病都无。

舟行阳朔颈椎好,左右频频转首呼。

2021-2-14

过 洛 阳

轻车逐日越邙瀍,十万人家一豁然。
只羡春风真不吝,紫桐花影满伊川。

2021-5-5

与合友兄访涉县朝鲜义勇军旧址次韵

空庭锁锈木萋萋,五指山高杜宇啼。
洒血不辞三万里,姓名已共国名题。

2021-5-22

瓯江夜泛

楼光塔影入江屏，画舫烟波不肯停。
夜雨围城灯似海，我来丽水捡星星。

2021-10-16

斗方山望湖楼作

群峦收雨午风甜，野望浛河云卷帘。
山写规章水遵守，一川宽窄鉴松严。

2021-11-1

2022 年

入伍卅二年纪念日同城战友聚会

初逢兵站仲春时,意气正如桃李枝。
三十二年工一技,冰霜磨细镀青丝。

2022-3-11

贺洛阳诗词协会成立

春风止到牡丹乎?河洛诗花向不孤。
立社原从汉唐始,今朝计在与凡殊。

2022-3-16

沙洋油菜花

蝶舞蜂忙喜不胜,张池春暖菜花兴。
试看手笔谁为大,十里黄金论亩称。

2022-3-24

空　　难

铁鸟落时无落山,落山哪得往家还。
野花不晓人间痛,犹向枝头闹与攀。

2022-3-27

素山寺杜鹃花

花燃野寺久无僧,晴后山阶寂寂登。
莫惜芳菲人未见,芳菲本不与人朋。

2022-4-3

宿 公 安

平路无山树当山,横空云乱过江湾。
雨来消暑如醒酒,夜读小修灯不关。

2022-6-23

公安县德义垱村观莲

荷田绕舍送香寒,逃暑湖村野绿宽。
猜得参差莲子饱,风来翻盖引人看。

2022-6-28

彰武县第六届苏鲁克诗人节草原诗会

白袖蓝裙舞未停,马头琴上草原醒。
劝君莫笑夕阳醉,诗在沙间与树青。

2022-7-31

安达居闻马头琴次韵达尔罕夫

特特弦生骏马风,忽疑身在草原中。
江南已惯听丝竹,尚解沙场骑战雄。

2022-8-5

嘉鱼蜜泉湖

平潭磨鉴岭雕鞍,沙屿椰风各各欢。
借问谁生裁海力,剪来一角种银滩。

2022-9-4

2023 年

致省老年大学古诗欣赏班学员

铁马纵横青史长,也凭风雅铸炎黄。
闲来借得东湖角,点亮怀中李杜光。

2023-3-17

题东亭学校"春天的诗"比赛活动

桃樱杏李万枝姱,你似霓裳他似霞。
应谢春风真好意,让诗叫我也开花。

2023-3-22

贺蕲春县诗词学会二代会

江山风物每呈新,高士蕲阳结社亲。
安得煎诗如本草,红尘能药病中人。

2023-5-25

登接天山

群松百岁骨嶙峋,坐石看山似野民。
天近缘何云躲我,只将风手拂衣尘。

2023-7-4

与中华诗词学会评论委员会癸卯年第一次全会有感

瞿塘峡口弄潮新，万壑云沉雨满津。
浪里泥沙终日下，就中累却漉淘人。

2023-7-14

戏题金凤山

飞身跃上豁双眸，金凤山巅列馔馐。
鼓鼓群丘烟隐约，一笼蒸熟绿馒头。

2023-7-15

宿三堆河

山影尽藏音却开,蝉乎溪也可猜猜。
半坡有亮两三点,怕是星星掉下来。

2023-7-21

神农架九松线道中

万壑千峰地似皱,密林终日独行身。
就中只恐研究者,捉我稀奇当野人。

2023-7-26

题龙桥暗河

挤出阴岩石上流,西行十里复藏头。
寒溪不理暖阳好,惯向森森地府投。

2023-8-5

大窝海豚湾

白崖百丈倚青山,一只海豚来闯关。
不肯安心居水底,偏偏学我爱登攀。

2023-8-5

宿三峡凉都兴隆镇

夜风敲叶雾珠沉,蝉也回家盖夏衾。
楼被千山宠为宝,鼾歌畅和冷泉音。

2023-8-5

贺仙桃白泥湖诗社成立
寄刘厚元先生

向来心事付辞章,近日闻君结社忙。
夜雨敲窗天欲雪,春来诗发白泥香。

2023-12-15

五律

2014 年

厉山谒炎帝大像

青山城郭外,祖像入云端。
捧粟犹含笑,飘须未着冠。
先民身既苦,百草味何甘。
为谁肠寸断,万古一心丹。

2014-4-25

观曾侯乙墓

细雨沾春径,云沉擂鼓墩。
冢坑空似盗,展馆暗如昏。

叱咤王侯死,张扬鼎篆存。
十三陪葬女,双泪已无痕。

2014-4-28

游四祖寺

钟声燕窝地,一寺古来兴。
塔接双峰影,窗含正觉僧。
禅机能度虎,人世要传灯。
灵润桥头客,此心如水澄。

2014-5-4

游陈福岭

徒步无所觅,溪行绿湿裳。
烟轻松色冷,树密鸟鸣藏。
山影入湖动,石花因蝶香。

人声何处起？独在谷中央。

2014-6-28

2015 年

少 林 寺

此身年少日，觉远似吾师。
棍影惊秋月，拳风落古池。
苦心磨剑后，快意出山时。
今上达摩洞，眸光已转慈。

2015-2-22

游 风 穴 寺

云深常有寺,循径向丘峰。
古殿休禅课,清流逐晚钟。
动心檐上雨,入定塔前松。
僧老焚香坐,檀烟散若龙。

2015-4-12

赠梁竹阁红尘寒学

诗乃诸君事,十年深信哉。
天难悭好句,谁可屈清才。
寒雨有时尽,春江一望开。
酒香今夜足,心亦到琴台。

2015-4-14

游三祖寺

皖山云雾寂,雪到寺门无。
新殿林僧老,寒泉祖塔孤。
传衣遗呗偈,解缚奈顽愚。
文字何为立,参禅有味乎?

2015-4-16

陪古木兄远安县觅知青旧地即席

一抱慰相见,青山遇白头。
故人兄弟在,旧迹屋田留。
杯酒倾离梦,园蔬带别愁。
沮河春染路,暮雨松村浮。

2015-5-1

洪山镇徐明山葛安云邀饮赠之

岂意洪山镇,从缘遇二公。
云随街月白,灯透客窗红。
劝酒情如诈,会心樽已空。
明朝轻雨路,复返畏途中。

2015-5-7

洪山禅寺

清溪随曲径,齐下寺门前。
古树知兴废,残碑荐变迁。
佛依新殿立,僧枕旧经眠。
日脚过钟缓,恐惊炉上烟。

2015-6-22

游普觉寺

普觉原须寺,香山一抱雄。
清阴埋古殿,蝉语起秋风。
佛已横眠矣,吾犹独醒中。
可怜人世客,看看尚如虫。

2015-8-21

2016 年

杨岐山普通寺

峰如莲一朵,长借与僧家。
柏自闻钟静,溪因避殿斜。

禅堂聚檀越,青竹晾袈裟。
师塔苔衣上,阿谁献束花。

2016-2-25

过天岳关

高关湘鄂际,应记往来人。
盘道疏灯暗,长云野月新。
寒亭彰烈士,热血洗烽尘。
天岳停车处,苍山乱似皴。

2016-3-12

赤壁怀古

雨歇水云阔,乌林一望明。
壁因烽火赤,江共楚原横。

分鼎功如罪,联吴妙实轻。
汤汤天下势,何处问民生。

2016-7-13

丙申中秋偕鹿鸣诸贤汉阳谒祢衡墓

君静青山否,亦狂地府欤?
长惊骂曹鼓,难谢荐衡书。
名或篇辞立,命由舌剑除。
江流洲已失,鹦鹉赋如初。

2016-9-24

丙申海峡诗会与庄伟杰兄共饮

乾坤事无责,共醉复如何?
席散秋愁少,人闲酒困多。

江声随月隐,客梦逐风过。
相得皆兄弟,明朝亦踏歌。

2016-10-15

游崇州光严禅院

客乡闻古寺,来觅色中空。
几点经楼雨,数山楠叶风。
课闲因洗鼎,斋熟故敲钟。
暮色萧萧下,一堂香火红。

2016-11-11

严西湖谒吴主寺

初寻吴主寺,高殿野湖东。
暮色催回鸟,秋霾冻住风。

江山须射虎,割据竟称雄。
未补金瓯缺,功名等是空。

2016-12-8

2017 年

长沙登杜甫江阁

高阁临湘水,凭栏辨旧新。
日枕星沙市,枫连岳麓津。
荻岸曾停棹,天涯已寄身。
壁悬诗句好,谁解杜家贫。

2017-12-9

咸宁白云庵

夕烟笼万壑,余照白云庵。
断岭留天径,危楼护佛龛。
柴门香客少,石灶野蔬甘。
俗语偶相对,老尼犹健谈。

2017-12-25

2018 年

三爪仑道中

朝辞靖安县,大野陡然斜。
山变抓云手,路成缠岭蛇。

竹风收峡雨,涧响掩人家。
我似来星外,轻车作客槎。

2018-3-12

信阳灵山寺

千峰似趺坐,峡雨带清风。
沙径缘溪白,山花近寺红。
梵声过塔影,僧课掩禅宫。
世有难为事,一炉香火中。

2018-5-19

登万源八台山

川渝分野际,九折上层台。
深壑云填紧,寥天鹰扫开。
山翻海潮过,风扯虎威来。

大块目难极,无言意若哀。

2018-5-30

宿桃花冲

万峰都躲尽,惟剩一天星。
楼下桃溪响,梦边尘客听。
峡风吹雨骤,野店上灯馨。
破晓呼床者,漫山蝉笛青。

2018-8-5

登将军山

东楚苍山雨,车随白雾驰。
人烟野村静,石道峡风慈。
将老因无战,心雄尚有师。

太平寻故垒,四顾愧生迟。

2018-8-31

登 天 台 山

危台缘径上,便可抚苍天。
万壑埋云阔,四边驰目圆。
风来鹰绕足,雨过日齐肩。
乱发身无垢,被人疑作仙。

2018-9-12

登 明 堂 山

嵚崖何所若,攒若宝莲开。
松响麒麟石,云生吴楚台。
天随飞栈起,海驾烈风来。

汉武遗踪处,壮心争可哀。

2018-10-6

岳西访云台禅寺

野村能问路,沙径入云长。
绕石花堆白,掩溪松落黄。
山深禅殿静,僧少寺田荒。
为我开篱落,佛家茶水香。

2018-10-27

宿 大 云 山

披露苍山卧,檐铃细细听。
星垂祖师殿,风扫白云亭。
身远沉霾在,心空野酒醒。

巴陵一隅客，此夜读黄庭。

2018-12-1

2019 年

登 宫 台 山

鄂肆人烟外，宫台危且平。
林疏青竹冷，径立赤崖倾。
古刹少来客，孤僧不答名。
万峰回顾处，大野暮云生。

2019-1-15

游普陀山

巨壑望无极,随舟净域来。
鲸波孤岛出,山寺百门开。
人自祈身福,谁曾识佛哀。
太平僧易贵,海雨落亭台。

2019-2-10

余姚瞻阳明先生讲课处中天阁

纵横天下后,归去授儒经。
一念岩花在,片言山雨停。
兰堂空讲席,粉壁满箴铭。
古阁人来晚,犹然侧耳听。

2019-3-6

与友奉节船上夜坐

峡口滩声静,楼船最上层。
一江夔府月,半壁蜀山灯。
世浊言犹淡,心温酒可冰。
明朝辞白帝,共看彩云升。

2019-6-15

达川真佛山

市远隐真佛,千峰一望间。
青云蒋师塔,慈雨释家山。
道以诸经得,心因古殿闲。
闻将三教合,来救世人艰。

2019-6-16

长沙留别嘉义大学陈茂仁教授

我到麓山日,秋风正满江。
与君初促膝,引月数敲窗。
海事无长策,声诗有古腔。
别时还一握,相约洞庭艭。

2019-11-21

游 张 家 界

一入张家界,群山就变疯。
束腰羞楚女,列阵愧秦公。
猴学孙行者,人皆陆放翁。
红尘太严肃,不似索溪中。

2019-11-23

与全国第三十三届中华诗词暨苏东坡研讨会宿惠州宾馆

何处不安枕,岭南冬意迟。
湖光摇似笑,山月细如丝。
残梦无风扰,微醺有塔支。
东坡尤可恨,处处为君痴。

2019-11-30

2020 年

庚子新正疫事中次韵答景秀兄

毒讯传庚子,春风尚可期。

城封书自校,疠发位谁尸。
楚客非原罪,杞人应慎思。
白衣参战士,当得勒功诗。

2020-1-27

江城避疫致巴山社友

花讯幡然改,寒江断汉关。
城封朝雪净,肆禁夜灯闲。
大势随公命,孤楼锁悴颜。
只今愁药得,一纸报巴山。

2020-2-15

游天求寺不值

禅门垂敬告,疫令未轻开。
外槛倚香烛,生池擅钓台。

清风塔铃净，疏竹梵歌哀。
沙径随松上，浠川入目来。

2020-7-27

庚子秋日次韵梓煜

江湖阴气下，残暑欲饶花。
清露浮莲好，丹霞向晚嘉。
厌看汤沸鼎，愿做井鸣蛙。
惟恐春时疫，天凉返万家。

2020-8-26

三角山遇雨

青峰是何貌，白雾笑藏之。
雷滚崖头暗，松疏石外奇。
洞仙将出处，世事已忘时。

疾雨几人急,山亭坐不知。

2020-9-6

汨罗谒屈子祠

玉笥枫香僻,堂前足自跫。
秋风吹楚树,寒水入湘江。
哀郢人无几,怀沙事有双。
直臣真易毁,总被谤言降。

2020-10-9

谒屈原墓

古丘生碧草,暮雨汨罗山。
风以离骚冷,径随疑冢环。
怜君国亡战,恨事史多奸。

必得沉沙后,名存天壤间。

2020-10-9

军博观抗美援朝出国作战七十周年展

文物有生命,端然仔细观。
跨江孤胆烈,卧雪铁枪寒。
一战驱豺虎,十年闲鞯鞍。
至今窥禹甸,只敢用诬谩。

2020-12-1

谒骆临海祠

落日压城晚,古樟环阁多。
众山黄有叶,片水镜无波。

立阵惊传檄,游人乐诵鹅。
不知来往者,千载解君何。

2020-12-11

谒郑广文祠

立祠桑梓远,功在困中添。
山树合如井,城云望若盐。
御批三事绝,老愧一州嫌。
海畔开文脉,千年服邃严。

2020-12-12

2021 年

慈云寺遇雨

持伞独行处,寒山云乱飞。
溪随岩雨响,春向李花归。
疫律未开寺,信香犹染衣。
轻歌沙径上,松影对烟稀。

2021-2-28

东湖春晴独步

春报初晴好,日徐云絮升。
平湖开似熨,新柳亮如灯。
樱急两三朵,山遥四五层。
灵均余小阁,泽畔可闲登。

2021-3-2

登天马阁

飞阁荔城上,遐瞻不可穷。
云翻东圳雨,日逐白塘风。
海镜映螺岛,坤舆跃玉骢。
东南犹未定,隐约列艨艟。

2021-7-23

登南明山

城南江外嶂,一径入泉音。
竹影青如玉,石苔柔似衾。
古岩难辨字,静寺好听禽。
游在昔人后,山云未变心。

2021-10-14

夜登应星楼

瑶琼何处去,尽筑此楼来。
璀璨照瓯水,玲珑接紫台。
万山烟雨阖,一市玉灯开。
劫火无痕迹,谁怀盛世哀。

2021-10-15

2022 年

与随州诸君登田王寨

险岫连桐柏,寻幽响径沙。
炎天林碧碧,秘砦石斜斜。

每恨世无象,便怜山有家。
太平风日久,残堞坐看花。

2022-6-30

雾中再登大洪山

旧友羞何故,隋珠藏箧中。
雾埋松峡白,雨洗寺门红。
可误看山事,无争润物功。
归途云散处,活色遍蒿蓬。

2022-7-2

瞻厉山神农洞

厥水流波远,烈山存石房。
三坟疑可考,百草爱才尝。
客对冠裳肃,花依井社香。

时来重科技,未敢惰耕桑。

2022-7-7

题万和镇归真居

群峰何所用,归去倚之居。
一水可牵月,半楼供拥书。
因山种篱菊,为酒养池鱼。
临肆客多雅,携诗入此庐。

2022-7-8

咸宁草堂诗社五周年庆次韵孙成尧先生

缘居草堂社,诗要闹天宫。
索得梦中笔,点燃江上枫。
旨精班落斧,字炼羿弛弓。

五载嘉鱼县,出炉横白虹。

2022-8-23

闻木楼兄将莅嘉鱼有寄

三年如万里,一别凤凰楼。
风以趋时倦,花因避疫忧。
读诗多中意,传信少由头。
闻有片帆下,待君鱼岳秋。

2022-8-23

英山偶过云隐寺

沙径随僧入,松山暮色凉。
鼎烟梅叶碧,梵唱桂风香。
殿乃疫方锁,畦非旱始荒。

寮房茶未饮，独立到相忘。

2022-10-1

壬寅登崇阳葛仙山

峰险入诗少，随云访葛仙。
逢秋樱叶瘦，避竹石阶偏。
老塔倚晴日，遥城隐薄烟。
报知山外疫，肘后借金编。

2022-11-13

壬寅冬日访仙人台白云观不值

崖前盘道止，贪静故投山。
日落诸峰夺，云升一隼攀。
松门锁因疫，风峡冷如悭。

岂属黄庭客，人烟待我还。

2022-12-24

2023 年

宿溆浦

夕晖如有召，碧水折西流。
风落浮桥渡，灯堆晚市楼。
何须屈平赋，但遂警予谋。
千载上沅日，儃佪不复愁。

2023-1-10

棣花驿过宋金街

停步商於道，鞅鞅芥蒂胸。
一街分二国，百载愧千峰。
割界作边策，和平养背痈。
人忘靖康耻，莫问宋高宗。

2023-2-4

谒四皓墓

高坟丹水畔，余雪隐商山。
深谷避秦火，安车入汉关。
兵烽身愧老，鸿鹄志难闲。
仅采紫芝食，名何存世间。

2023-2-4

游华清宫

骊山宫树下,古事不知乎?
过殿名都识,观池液已枯。
烽台无客恨,仙舞复谁吁?
瑕秽洗难尽,轮回一味愚。

2023-2-4

兵谏亭

斑虎石亭外,危岩字迹残。
信知怀正气,争许避狂澜。
祸岂阋墙免,心因御寇宽。
张杨论已定,青史在西安。

2023-2-7

谒秦始皇陵

无非一孤冢，高比骊山乎？
世乏如君者，人犹作蓍夫。
寝宫皆欲盗，霸业或能诬。
纵发阴兵阵，难攻刀笔徒。

2023-2-10

过鸿门宴旧址

何物如当日？暮阳原上尘。
幸无龙虎气，偶有妇孺仁。
亡鹿速归汉，豪言空代秦。
匆匆征数岁，徒以两家人。

2023-2-17

孟原眺华山

山亦有脾性,华山怀不平。
峰穷碧虚起,嶂迫莽原横。
萧史龙犹逸,陈抟梦已惊。
仰观天际线,疑听怒潮声。

2023-2-19

潼　　关

古道雄关立,惟风不可拘。
长河声作马,大野势如壶。
既已欣平蔡,何须惭弃襦。
江山多杀伐,仅只百年无。

2023-2-24

自华阴至华阳道上

地立吾难止,峡间惟绕行。
残阳金镀嶂,余雪玉埋荆。
路作惊蛇舞,车犹饿虎鸣。
云非隔山好,莫厌渭原平。

2023-2-25

洛南访仓颉授书处

历火阴崖裂,奇文考迹虚。
结绳难治否?造字便安欤?
徒恨人忧始,应怜鬼哭初。
山风吹洛水,雪上独踌躇。

2023-2-27

蔡文姬墓

千秋存一冢,能慰几人心。
乱世徒悲愤,胡笳自呿吟。
冰垂梅萼艳,像立石衣沉。
多少怀忧女,无诗发泣音。

2023-3-10

春日登天柱山次韵卢冷夫先生

天何须此柱,闲着众多神。
乱石怪如世,孤峰立作人。
松摹瑶凤假,金煅檫花真。
山外若无梦,左慈诚可邻。

2023-3-12

中庙望巢湖

湛湛眺难极，居巢遍是春。
堤长樱夹李，风暖水翻鳞。
渔禁浮舟少，疫消游客新。
一痕青屿出，衔住半湖银。

2023-3-12

冬日游泾县桃花潭

万家诗换酒，莫作旧时观。
雪岭腾云密，石潭过水寒。
立桥谁可问，停箸独难餐。
青弋江边客，一辞归路宽。

2023-3-17

偕南漳诗友游春秋寨

细雨同登砦,春花满石蹊。
水流腾虺蟒,山势走鲸鲵。
故垒谁曾在,新莺犹似啼。
羡人逢乱世,尚可避荆藜。

2023-3-18

登澧浦楼

春临雕槛外,过雨水云清。
花影攀长堞,风铃落古城。
江从武陵出,天向洞庭横。
不必稀仙客,世平皆是卿。

2023-4-4

偕安陆诸贤访白兆寺遗址

桃田多瓦砾,聚首读残碑。
故老话前事,谷风如旧时。
抄经碧山月,卧醉绀珠池。
寥落何须叹,应怜麦秀诗。

2023-4-9

赠安陆棠棣诗社诸贤

家珍聆细数,村舍客来迟。
书满千年架,花垂一院枝。
陶公饮惟独,白社乐无私。
最羡太平日,园田宜种诗。

2023-4-13

宿东山问梅村与诸君茶叙

客舍东山下,围灯月旦评。
墨云翻沸海,膏雨击清筝。
贪酒不投寺,健谈如调兵。
茶汤青玉动,最解助闲情。

2023-4-16

宿张谷英村

渭溪流水暗,绕舍送新蛙。
天净宜观斗,风香恰过花。
山窗留片月,古宅旧谁家。
我是偶然客,今宵梦可赊。

2023-5-1

游河洛汇流处

神堤辨清浊,一线确分然。
日昃邙山上,波平洛汭前。
河图应再出,龙马更加鞭。
极目羲台外,惟余地与天。

2023-5-9

巩义谒石窟寺

丘山生石壁,壁上显真容。
万佛残非昔,几人贪似恭。
窟因财小大,面以善春冬。
佞谏者何在,残阳照寺钟。

2023-5-15

瞻常香玉红色艺术纪念馆

试问何荣最,家山祠馆宽。
豫声金作嗓,战隼铁为丸。
身是常香玉,功先花木兰。
峥嵘留一曲,艺苑立青峦。

2023-5-15

乐平里屈原庙逢黄家兆先生

面铸古铜色,清霜落鬓丝。
峡风溪伴乐,端午雨粘旗。
昼养山中橘,夜敲心上诗。
生涯甘一事,相守屈平祠。

2023-6-27

娄底聚席馆夜饮次韵静若

娄星分野处,涟水绕街幽。
千里同为客,一樽俱忘秋。
爱诗如细软,呼月作朋儔。
何故超然我,醒来也白头。

2023-8-24

七律

2014 年

女儿生日有寄

是谁暗把岁时偷,眉额犹将过我头。
六一节才缺牙笑,高三班已抱书愁。
长裙飘愣男生眼,秀发藏深狮子喉。
世界喧喧非乐土,须臾长大出何谋?

2014-9-6

记 母 言

不解聱牙子作诗,点灯熬夜莫成痴。

好诗如草写难尽,健体同花悔易迟。
未许庸常知汝意,已惭老病记吾辞。
无穷世事纷繁现,谁惜愚儿笔一支。

2014-9-7

次韵酬长阳清江子

别去三年如昨日,江城物候旧时游。
风华楚网同拈韵,义气青菱共护楼。
谋职人间劳有得,养儿膝下慰无愁。
鸾笺略说君家事,岁月清和近一流。

2014-9-17

2015 年

人日赏梅次韵周清印

遥夜过楼江雨来,蜡梅枝外更春梅。
梦醒孤枕呼香入,愁尽晓窗看蕊开。
铁骨能容千树雪,灵风肯报一声雷。
满城樱李含苞待,只待湖东花似霾。

2015-2-27

乙未试笔

未做林泉散淡人,不知不觉长年轮。
几丝夜雨缠如梦,一片春风遣上身。
白发江湖书剑在,清尊肝胆去留真。
武昌城下梅花里,笑看浮生日日新。

2015-2-28

巩义谒杜甫墓

清明时节日昏昏,结伴苍原觅故痕。
云自北邙连杜冢,水从伊洛润诗魂。
江湖落拓文章老,岁月忧愁魑魅存。
谁解黎元千古事,青衫楚客望乾坤。

2015-3-30

谒 三 苏 坟

霜柏阴阴护古坟,汝阳春讯隔黄云。
几家父子能惊世,是处川原幸葬君。
海内功名数宗罪,天涯词赋万年文。
小眉山外无风雨,客似飞鸿又一群。

2015-4-8

武昌与李子夜饮

春日相逢酒话疯,湖滨客舍武昌东。
人间未许诗情懒,笔上能翻俗语工。
一网声名参毁誉,半樽心事忘鸡虫。
百年功业裁新体,拂面销魂李子风。

2015-4-23

过回马坡

麦城西去几人从,陉路崎岖杀气冲。
石上蹄痕悲赤兔,刀头血影偃青龙。
将军幸矣沙场死,故国危哉鼎足松。
野峡水声如虎跃,寒林绝壁吊遗踪。

2015-7-3

2016 年

谒平江杜拾遗墓

汨罗江外日初曛,万古丘原野老坟。
樟柏荫浓鸣鸟暗,祠堂春早落花勤。
洞庭秋雨千行泪,世路扁舟一片云。
身后荣名莫怜晚,人间毕竟重斯文。

2016-2-28

悼柯展翅先生

酌句增龄信不猜,柯翁此别故悠哉。
廿年癌本勾名去,一卷诗能夺命回。
世路横眉剔媚骨,荧屏纵笔献清才。
白云潇洒人骑鹤,留得江潮阵阵哀。

2016-3-5

谒岳王坟

西湖高处我头低,武穆坟前眼欲迷。
举国山怜君父子,万年铁恨此夫妻。
将亡巢覆三边静,功在名存五岳齐。
底事汉家常植桧?栖霞回望奈萋萋。

2016-4-8

丙申端阳后一日孙寅兄招饮拈"乡"字

良朋相伴过端阳,一醉醒来在帝乡。
晓梦存些徽调美,头疼带点楚骚狂。
诗无好处恐伤脑,酒是佳方治断肠。
难忘灵均故招饮,今宵再会白头郎。

2016-6-12

谒红四方面军指挥部

七里坪前水一隈,黄麻烽火自崔嵬。
已知虎帐涵凶气,故忆铜锣起蛰雷。
长戟高擎四方震,大军西去几人回。
沉云欲雨还如泪,胜利街头觅旧醅。

2016-7-2

游 澄 水 洞

秋山隐隐路重重,野史深藏草莽中。
别有洞天居首长,已无秘密仰英雄。
沾多潮气般般蚀,锈死机关室室空。
一袭军装导游女,桂花香里说行宫。

2016-10-21

2017年

次韵半山村夫先生贺武汉诗书画影联谊会成立

喜看江城聚百花,芳菲一苑比朝霞。
海棠春梦及时雨,玉桂秋香贯月槎。
大雅谁知吾辈乐,小红易受世人夸。
琴台已筑东风好,且待锺期会伯牙。

2017-2-24

大泽乡登涉故台

荒台日日冷斜阳,楚客登临已不狂。
细辨残碑分碧草,闲看野老牧黄羊。
狐鸣篝火民谁信?鹿失秦原本自亡。

大泽纵无风雨事,陈吴肯做戍边郎?

2017-6-23

萧县瞻淮海战役总前委会议暨华野指挥部旧址

例于原野布沙场,淮海兵尘自古狂。
黄土最宜销白骨,青云或可借红羊。
义师有道诛无道,烈士张郎杀李郎。
大策欣由小村定,乾坤一战太平长。

2017-6-24

奉节瞻杜甫橘园遗址

草堂河畔橘欣欣,遗迹谁能为界分。
野老不知唐有杜,残碑欲觅志无文。
青橙夜过夔门雨,白帝朝衔江阁云。

子美辞章光焰在,当时忧患故频闻。

2017-10-9

游昭君村

大漠有坟家有祠,尽惭俗粉与庸脂。
世间颜色如和璞,天下权臣属画师。
胜迹苍山宜寂寂,香溪流水总迟迟。
胸中一股明妃怨,正借平戎发泄之。

2017-10-9

2018 年

挽成功大学吴荣富教授

天地将开春信时,讣音何不更迟迟。
江云隐约归黄鹤,海雨凄寒着素枝。

楚酒一尊绀弩奖,郑笺几纸玉谿诗。
含香心墨殷殷在,欲挽人间风雅衰。

2018-2-18

临川瞻王安石纪念馆

石像堂堂宰辅姿,熙丰楼外雨如痴。
国疵民病亦多矣,怨谤侵官以抗之。
十失诛心归老日,百年无事改朝时。
野狐精带几分拗,蒙诟千秋谁敢师。

2018-2-21

次吴树成先生七十自况韵以贺

稀龄滋味在无牙,事事因缘何不夸。
诗酒犹狂逗朋辈,波澜已静看孙娃。
拿云捉月今疏矣,假语村言谁懂呀?

暗室闻君视频乐,童心到老未相差。

2018-4-16

次韵贺郭松权先生七十初度

莫喟年华逝水过,稀龄得比稚龄多。
霜心差可知甘苦,铁骨何尝效薜萝。
几许功名曾一笑,半生文字未全讹。
淡茶清酒东篱处,盛世时宜击壤歌。

2018-4-18

鄂王城遗址

大野残垣落日轻,千年怕扰楚魂惊。
当时文物寻陶瓦,是处村湾吊故城。
荆棘岂嫌欺栋宇,繁华不易避刀兵。

可怜往事无人解，徒惹隔篱鸡犬鸣。

2018-4-20

谒李依若故居

石塘故宅碧苔寒，马渡村中诚可叹。
一曲情歌天老易，百年痴史梦醒难。
衡门有待为谁锁，青眼无妨向汝酸。
不共游人堂外唱，独寻孤冢对群峦。

2018-5-30

次韵刘安定、吴文昌谒明显陵

青山相对意如何，终古斜阳正满坡。
碑上能书功字少，冢前可叹镜华多。
残基石烂祾恩殿，乱草风翻安乐窝。

四百年看兴灭事,明塘已惯不生波。

2018-6-5

谒鲁迅墓

广玉兰荫掩墓门,一园嘉树对黄昏。
新文已赖开山力,古道犹惊播火痕。
呐喊数番如有用,彷徨万种更何存。
只今独拜孤坟像,记得君为民族魂。

2018-6-27

昭关怀古

奔吴折楚已千秋,快意平生恩与仇。
故垒腾龙似鞭起,松风填壑若潮收。
国抛利器犹能悔,士得奴颜实可羞。

天下重逢费无忌,昭关锁处白谁头。

2018-8-8

遂昌游汤显祖纪念馆

紫梁明瓦似当时,君子堂中一晤之。
妙笔勾魂称绝代,平昌遗爱足传奇。
梦留故馆花飞巷,琴置小楼风过池。
涉世情深偏作戏,不知醒得几人痴。

2018-9-26

刘光第殉难百二十周年纪念大会即席

九曲沱江竹影昏,百年流转为招魂。
故园墓草丹心苦,古渡阶苔碧血温。

醒世固须杀君子,忧人谁肯报乾坤。
多情祭祀逢秋雨,不必修容拭泪痕。

2018-9-28

戊戌谒刘光第墓

五府山头碧树横,压城云黯似天倾。
剑眉忍怒存铜像,碑字含愁伴石茔。
不死焉呼睡狮觉,永生时作警钟鸣。
菊香一捧心三揖,烈士真为浊世英。

2018-9-30

偕川中诗友游富顺西湖

幸焉鸿迹得同游,古泽城西为小留。
五里荷风入山市,一桥波影过茶楼。

士坟静拜花沾雨,蘩榭闲观鱼逐流。
曲岸深深秋树密,不知何寺午钟悠。

2018-10-1

瞻红二十八军军政旧址

大军别后万山寒,反"剿"翻身战未残。
肆上游龙便衣队,峡中飞豹手枪团。
青碑字句须宣读,老屋门床且静观。
鹞落坪中多少事,一言结局恸心肝。

2018-10-6

红安过秦基伟上将故居

池塘水静雨云斜,香满青田出稻花。
树下谈牌两农妇,门前散学几村娃。

关山战绩星三粒,铁血征程月万家。
能做秦庄太平犬,谁人磨剑起黄麻。

2018-11-12

戊戌岁暮用"悠然"韵

夜来朔气满城寒,细细无非江上澜。
白雪每因人迹黑,清愁惯被酒肠宽。
宜将铁骨领青竹,且共春心待翠峦。
岁晚殷勤谁助我,蜡梅香绽出篱端。

2018-12-20

2019年

抵 舟 山

应欣天下事无关,车过江湾过海湾。
暮雨撩人千岛隐,港灯列阵万星环。
心缘渐老路行易,世已稍安书读闲。
今夜添杯高卧早,明朝仔细看舟山。

2019-2-9

溪 口

岂因往史白吾头,一带林山此日游。
雪窦峰寒春怕早,剡溪路仄水怀柔。
依然花草何人记,无恙墓庐谁汝留。
微雨疏灯孤镇晚,遥怜海岛葬乡愁。

2019-2-11

余姚谒朱舜水纪念馆

祠对姚江未负卿,半生岛国费经营。
石阶过雨苔斑冷,山馆来人灯影明。
不易衣冠望西土,别传儒术客东瀛。
千秋可鉴书无用,跨海侵华尽兽兵。

2019-2-15

谒 五 人 墓

石坟肃肃似方城,深锲五人千载名。
廊院青碑承字重,山塘微雨入松清。
匹夫甚责断头死,百世何由袖手生。
隄柳未开梅已破,冷香浮处古愁萦。

2019-2-19

陪东湖诗社诸先生瞻二程书院

双凤亭高午日明,前川云淡远山轻。
鲁台晴柳春风色,渌水渌波书院声。
霁月襟怀天即理,孤峰体势气须清。
纷纷人物千秋过,每有新祠仰二程。

2019-5-12

晨谒关林

平晓独来寒未收,洛阳城外吊青丘。
烟生老柏湿风隐,雨滴虚檐古殿幽。
或不最钦人敌万,得无长敬死忠刘。
亭侯殁后圣而帝,岂止轻抛项上头。

2019-5-26

随蔡竞兄通州访问小文老棣夜游运河次韵

大市能余此水幽,层楼新耸是通州。
河灯红紫聊相对,舞姬环旋难与酬。
诗以闲情次君韵,酒因尘事上吾头。
拍栏一笑如斯耳,已惯鬓霜谁怕秋。

2019-8-2

己亥十五将至听雪邀饮东湖之滨拈得"明"字

青山隔市野湖平,恰恰秋来安酒觥。
抢话每缘君有趣,罚杯不是我无情。
盛筵已惯招车胤,酣饮为常学步兵。
白发频生皆可忘,管他归月向谁明。

2019-9-8

修水瞻陈氏祖屋右铭
散原父子生于斯

千峰戟立护云乡，几世氤氲凤竹堂。
变法成难怜父子，裁诗得易授儿郎。
山房匾字荣如故，旗石苔衣秋未黄。
野绩清名徒取否，此来岂是访溪塘。

2019-11-5

瞻沩痴寄庐

庐与湘江岳麓邻，篱前橘熟偶来人。
半园蔬带伤心碧，数室灯衔许国身。
欲换旧知驱筚辂，可平乱世立新民。
雷惊雨烈当时事，未作长沙市上尘。

2019-11-24

谒惠州东坡祠

鸿迹偶然留鹤山,聊将行处作乡关。
东江流水甘于汴,南岭居人纯不蛮。
诗得乌台半生罪,功成黄惠几州闲。
朝云已逝愁谁解,尚有琼崖海路艰。

2019-12-1

2020 年

春　　疫

毒名冠状狠如狨,一市疫情惊万邦。
春避强瘟兴罩口,夜颁急令限过江。

流言自恐风吹雾，疗法将成雨叩窗。
应谢高朋频问讯，孤城静待疠求降。

2020-1-26

次韵罗辉先生庚子年关即事

高楼朝日射窗红，庚子蓝图意更雄。
已惯荆榛毒于疠，自知肺腑暖如风。
半生旧事无惭叹，几韵新诗守粹冲。
城上云横春信早，江梅初发即私衷。

2020-1-28

抗　疫

灯火孤城独倚楼，楚江脉脉走寒流。
安危一世疑吾系，弛禁何朝待令收。
愁疠未须攻肺腑，悲心从不管沉浮。

白衣送药方舱宿,无语无言分国忧。

2020-2-18

抗疫次韵老禾先生

孤馆清怀未自囚,鹤楼云阁正堪愁。
生民每赖依严政,原罪何妨到野羞。
万里蛮烟宁独病,一时海雨幸同舟。
信知华夏浑多难,家国洵非风马牛。

2020-2-20

核酸转阴性作

东风入幔琐窗晴,一纸报如天下宁。
连日自羞贪食饭,巡床医嘱罢悬瓶。
楚江尚禁可怜丽,春舫犹存未觉馨。

应许离人皆似我,归期已近暂伶仃。

2020-2-20

疫中羁寓谢诸友赓和再用前韵

淡看关山雨或晴,吟笺慰我得心宁。
漫将疫疾当愁疾,宜以酒瓶更药瓶。
诗是琴声清处雅,情如梅萼冷时馨。
感君共历江城劫,迢递云程作小停。

2020-2-25

庚子春武汉羁寓

蛰居斗室若鱼蟫,世事何劳我费心。
饱食三餐抗残毒,清眠数宿散愁襟。
疠生海外也难控,国到天中岂易侵。

汉上雨收春未老,桃樱有主待行吟。

2020-2-29

疫中次韵奉寄唐佳先生

孤馆清宵不足言,感君慰我两三番。
万山明月南巢远,一纸新诗古谊存。
为国深居心未悔,与时同病理休论。
晴川春色无人逐,百事先停暂避瘟。

2020-3-10

疫后次韵寄景秀兄二首

其 一

思到愁边苦自增,哀风初报暗腾腾。
可知何策能驱疫,常畏谁家未亮灯。

大难岂容吾独善，野狐正与虎相乘。
江平雨霁城封解，一脉乱云天际凝。

其 二

春晚樽前白发多，归来自问意如何。
病中一枕庄周梦，疫后满城襦袴歌。
剩有积愁堆案牍，略无闲趣览山河。
此情得似苕溪水，动地风生也不波。

2020-5-6

过陈秋舫故里

望天湖畔一骊珠，姓字乡人尚解呼。
大劫几回惊墓在，玄孙数代叹诗无。
文章未抵功名久，尘界谁知灵府孤。
村上初来梅子雨，百年局变到耕夫。

2020-5-25

咸宁谒何功伟烈士纪念园

孤丘碧树掩碑亭,石像峥嵘目似星。
淦水赤旗真卓绝,清江毅魄不伶仃。
爱情未报身先死,殷事垂成鼎已铭。
烈士家风存梓里,千山一畈稻秧青。

2020-5-31

过武昌黎元洪公馆

胭脂坪上覆桐荫,山院森森谁作邻。
清水红墙豪宅老,嘉禾金简笑谈新。
元勋已足传图史,贵业何须置汉津。
古巷百年风最劲,唯他识尽往来人。

2020-8-19

登半壁山楚江亭

危亭四顾极烟氛,绝壁压江江欲皱。
锁钥难钳撕竹势,封侯不抵抗倭勋。
野花缭乱炮台草,夏木扶疏烈士坟。
舟舸往来应见我,凭栏未老可投军。

2020-8-24

谒 黄 侃 墓

蕲水清流日日邻,仰山堂外葬高人。
墨家兼爱骂胡适,煮海为盐师炳麟。
真性情叹百年少,奇男子未一丘堙。
惜观天下书难遍,不肯雌黄妄自陈。

2020-9-19

蕲州谒胡风纪念馆

降龙闯祸事堪奇^①,幸有家山设馆祠。
强项一生忧患饱,南冠廿载是非迟。
风中冷箭原称友,街上青皮翻可师。
笔换锄头太平甚,丹诚何必让人知。

【注】①胡风诗有"累我降龙闯祸书"句,又有"坚持韧性学青皮"句。

2020-10-12

2021年

庚子冬感

书窗夜读倚灯前,客久风尘本淡然。

木叶匆匆惊岁杪，鬓霜草草夺人先。
局中闲少只缘钝，囊里诗珍不换钱。
未梦金貂眠正好，一如旧例入新年。

2021-1-4

《洪山诗苑》编委华都小聚次韵冯继军先生

书窗此日偶窥堂，识得华都春卉香。
世上焉无医俗药，诗中恰有破愁方。
水亭咸集少兼长，琼苑欣逢班与扬。
一事关心胜花事，放翁骨力尚康强。

2021-3-4

辛丑清明谒李太白墓

宿雨新晴紫笋滋，青山千古护坟祠。

人来野莫知浇酒,谁立春风能解诗。
景物已非尘事近,形骸若在壮怀疲。
许君捉月骑鲸去,好使芸芸一慰之。

2021-4-4

平江瞻李六如故宅适逢修缮

汨罗水静抱村流,荒宅翻修古泊头。
云掩密筠青瓦暗,雨经残础碧苔幽。
九州战伐知帷幄,一代勋名辨项刘。
自写新民季交恕,平生幸可几回眸。

2021-5-7

登涉县五指山

西登松径太行晴,飞涧石梁天已倾。
大壑嘶风岩柏老,孤峰敲日栈云平。

盘盘瘦脊余军垒,历历遥山跃海鲸。
五指巉屼如佛手,是祈是击任私评。

2021-6-9

访昆明聂耳故居次韵得虑斋

成春堂上过晴晖,滇市夏花依旧肥。
大义华歌百年唱,孤魂鹄沼几时归。
金鸡暗夜虽云晓,禹甸长城未解围。
谁记当时起来意,细看人世故非非。

2021-6-18

昆明谒升庵祠

柏香室静未萧条,微服角巾依碧峣。
草海送风书牖净,滇山屏月梦魂遥。
帝王家事议何以,梨枣功夫愁不聊。

日影浮阶诸客立,天涯一拜动心潮。

2021-6-19

酬雪湘明先生赐藏书印

缪篆朱文字老苍,雪翁赐我二名章。
石坚恐痛心新补,笔细犹怜眼旧伤。
未学项王刓不授,何妨山鹊化而藏。
明朝钤上万千册,一室书涵别样香。

2021-7-19

旧书坊见去世老诗人藏书尽贾之

姓字端然扉面题,藏书似鸽散东西。
十年逝后纸才废,半柜清空价实低。
页夹霜丝缘化鹤,眉批朱语别开蹊。
一囊收去君呼幸,付我摩挲供割麛。

2021-8-27

谒沈佺期墓

坟碑字浅隐荒榛,日暮松风拂垢尘。
江左屡传声律变,域中始定句篇新。
算来宦迹止于谤,数到诗名已足珍。
岭外生归何处去,曩年英麓寄家人。

2021-10-5

登万象山致丽水诸君

青峰傍市倚江雄,万象楼台拥碧幪。
苔润秋樟草爬树,风催晓雨雾追骢。
松祠已访秦淮海,竹径还逢陆放翁。
小栝苍山南望处,琵琶洲上正蒙蒙。

2021-10-15

绩溪访胡适故居

云抱秋山山抱村,雨余深巷近卿门。
时来已倡文风变,人去未妨思考存。
四海行踪分宠辱,一窗灯影对黄昏。
庭园犹见兰花草,桂子香中谁复论。

2021-10-23

2022 年

辛丑腊八东亭路小聚得"归"字

无须屈指数春归,入腊光阴敢不飞。
几缕炉烟与梅瘦,半街风影得樟肥。

精神未被尘沙减,案牍岂因山水违。
白发难藏武昌客,十年回首莫言非。

2022-1-13

鹤峰道中

山有山无雾削增,料应身越万千层。
壑云蒸白松峰雪,涧水敲尖石瀑冰。
问路围炉共人笑,行车循辙与坡升。
土司城在溇江畔,深峡捧来无数灯。

2022-1-29

老河口瞻原国民政府第五战区李宗仁司令官邸旧址

当时曾驻李将军,故宅临街自不群。
阶以白梅香暗暗,庭因青桂影欣欣。

可怜焦土抗倭策,拼得金瓯报捷文。
汉北百年兵甲洗,战区碧血化长云。

2022-3-9

壬寅春感

楚梅虽落玉兰开,逸兴于今安在哉。
一案积文听夜雨,半城控疫闭琴台。
尽知黑海狼烽苦,合是花旗鬼蜮灾。
梁宋灌瓜终得惠,东风催送莫愁来。

2022-3-10

壬寅春日次韵尹公兼寄鹿鸣诸友

十年相看眼终青,犹待抟风起北冥。
人事锁人难弃履,物心从物似漂萍。
忘山惯远诗兼酒,伏案常余影对形。

惊蛰初雷花又好，却无芳气袭愁醒。

2022-3-15

登阜新海棠山次韵罗辉先生

数尖藏塔映辽山，幽步流连一肃然。
松覆千峰飞白雨，石生万佛坐青莲。
闻僧说法溪皆下，知我爱诗窗自前。
借问海棠何处在，径花只笑却无言。

2022-7-30

雨中海棠山观摩崖造像次韵王聪颖先生

峰比糖甜雾吐含，活溪慈雨起湫潭。
半崖幽径石镌佛，一峡清风松扫龛。
悟法云生孤寺北，看山人在野桥南。

扶筇支伞市声远,只听流泉语再三。

2022-7-30

游沈阳故宫

大政殿前云影移,悠悠天道不吾欺。
宫花寂寞窥朱络,龙甲虬蟠动碧墀。
七恨催人添万恨,八旗何故到无旗。
当时自觉帝家小,铁马入关原是痴。

2022-8-11

壬 寅 自 寿

春风报寿未吾谋,天命知时不自由。
半老衣衫效全老,多愁肺腑炼无愁。
一球扰攘鉴中看,百务重轻肩上收。
暇日何如学周易,偿山诗债且悠悠。

2022-9-14

与《侏儒山文萃》首发式赠周君志益

竹声日影桂花天,高馆清风说盛编。
土味飘来书缝里,乡愁刻在页眉前。
邑无文焰是居碛,心有公畦可养贤。
一卷携归就灯急,儒山纸贵读人先。

2022-10-22

挽皇甫国先生

半年信息似江枯,信息来时带泪珠。
原解生涯此终有,不交诗道痛应无。
韵从消泗乡间和,心到胭脂路上愉。
老将襟怀三百阕,铁拳词味斐然殊。

2022-10-29

贺白雉山先生九秩华诞

窗对江楼做主人，山街树密巷无尘。
一天明月亲群辈，万卷琅书释此身。
台馆悬联丰有骨，网笺传语暖如春。
即从九秩越三寿，烟雨阁中诗更新。

2022-10-30

挽滕伟明公

楚水十年萦蜀思，如今算是几番痴。
可怜弦断琴焚日，已近烛残芯损时。
黄鹤楼前武昌酒，百花潭上锦城诗。
先生逝矣名山在，踏雪飞鸿岂似之。

2022-11-1

挽杨叔子院士

月照山声似海潮,瑜园哀讯色滛滛。
清风国士魂虽去,玉树阶庭红未凋。
万事平生控机械,一心高校育诗苗。
知音源处曾相握,槛外吟笺兴味遥。

2022-11-5

挽向进青老会长

飒飒愁云扫不开,灵风未肯待春来。
记如昨日对人笑,讯至今朝引众哀。
百卷吟笺铺路石,十年诗仆放鹰台。
当时切切叮咛语,已作心间慈竹栽。

2023-1-13

挽鹰台诗社姚争杰社长

讣电何堪二度来,凭窗含泪问鹰台。
寒伤难借张机论,疠妒更收王粲才。
社事几多商未决,诗心一粒读能猜。
漫天雪卷东湖水,忽似挽歌清复哀。

2023-1-15

2023 年

湘乡访陈赓故居

宅不居人列事行,烽烟暂息忆陈赓。
一心定处红旗志,百战平生青史名。

雨后池塘寒胜剑,风前松柏静如兵。
家山已晓纵横业,肯为将军护冢茔。

2023-1-22

隆回访魏源故居

山卫园田柳卫门,一庐别出魏家村。
塘荷已拂青衿影,庭竹犹招游子魂。
知绘海图心应苦,欲师夷技血重温。
不龟手药今刍狗,却自微光启积昏。

2023-1-23

偕南漳诗友游水镜庄

三十二年三度游,砖阶草墅旧山丘。
彝溪暖雨催桃动,岩穴清风避世流。
鹿走常怜荐龙凤,鼎分焉可到伊周。

知人好好水为镜,千古回回照我愁。

2023-3-19

冬日登池州齐山次韵小杜

湖上闲云作凤飞,城遮江影剩些微。
孤亭残雪芳难觅,华盖青瑶春欲归。
石爱风流多写字,山怜英杰任争辉。
壑奇岩怪分斜径,每逗人留钩我衣。

2023-3-21

宿五言陆色

约春相对得鱼闲,白兆村头小酌还。
风静横塘多片月,夜深西岭少堆山。
人情野老易欢洽,世局谪仙难逐攀。

但计纱窗晓来醒,菜花淡处听关关。

2023-4-8

谒永昭陵

春风乱逐鹊台间,碧影晴曛柏列班。
石马原堪驮岁月,野花未解恨河山。
犁墟几代居然尽,赐币一朝何肯悭。
厚政怜无武功辅,仁心或可恕完颜。

2023-4-27

信谷道长约癸卯谷雨雅集不能与次韵奉寄

谷雨年年一动心,玄宫北望绿沉沉。
楝花细处思如旧,羽士归时语异今。

绮陌纷纭茗不醒,红尘芥蒂老难禁。
偷闲已践潇湘约,跂足遥聆江夏吟。

2023-4-29

癸卯重登鸣凤山

谢屐十年临远安,春山犹记旧时欢。
崖丹树碧溪声碎,殿紫阶红云影寒。
雷斧凿余难见凤,道经传罢已离坛。
沮江遥似纤绳紧,扯得群峰南向看。

2023-5-3

观双槐树遗址

方坑曾作古民家,晴野悲风拂苧花。
似殿门开三道正,有心釜列九星斜。

图书河洛恰应见,翠黛嵩邙旧必夸。
谁解孤另祭台骨,五千年后未成沙。

2023-5-10

游康百万庄园

青桐碧影自婆娑,古宅连云观者多。
宇接邙山凭厚土,门横洛水叠清波。
留余知对乾坤让,聚族难逃岁月磨。
富贵艰辛随世运,金银百万复如何?

2023-5-17

戴溪小学瞻赵瓯北像

戴溪最惜写诗人,遭雨为衣轻浥尘。
英气目如岩下电[①],麟经书作手中珍。

已知珠璧江山有，谁与文章李杜邻。
摹宋规唐似吾者，廊前静立愧论新。

【注】①汪由敦《赵云崧瓯北初集序》："谒见时，布衣徒步，英气逼人。目光烂烂，如岩下电。"

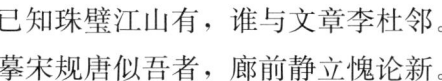

2023-5-18

登天宁寺塔

双柱龙蟠似阙分，指天瑞塔矗青云。
千龛法显黄金色，一像灵生翡翠纹。
释国庄严难了了，尘寰事业各纷纷。
十三层上流连看，烟火楼台万户勤。

2023-5-19

长 平 怀 古

立身杀谷起长叹，烟雨潇潇五月寒。

揭土应怜骨犹白,翻风尚觉水如丹。
秦兴岂止弓兼矢,赵困原非銎与峦。
四十万人同夜死,手中抚剑想来难。

2023-5-28

谒羊头山神农庙

危阶云影湿衣裾,密雨松山隐庙庐。
细辨海桑人仿佛,详搜坟典事玄虚。
穴居初奏五弦乐,血饮新成八穗书。
万代缘何勤祭祀,为民生死得民誉。

2023-5-28

癸卯四月初八高平祭炎帝有怀

古陵崇殿典仪彰,万众黄巾列雁行。
钟鼓九通尊俎豆,羽旄八佾舞冠裳。

初民最解生何易,庶草应嗟死敢尝。
不以其知谋自贵,人间祭祀岁年长。

2023-6-1

枣阳登光武点兵遗址无量台嵌张轩湖首句

潇潇风雨一登台,光武襟怀不可猜。
带甲救邦其易矣,投戈论道固难哉。
鼎生烟伴梵钟起,僧种花邻古塔开。
千载回看心默默,舂陵青野密云来。

2023-6-25

白 水 寺

狮山微雨湿阶苔,光武龙旌从此开。
一怒扫残兴匹庶,百年佐命列云台。

长楸覆井容谁饮,古庙燃灯待客来。
释祖汉君相对揖,尘凡最重是禳灾。

2023-6-16

游枣阳汉城

宫阙森森亦壮哉,汉家城郭接云开。
声名万国衣冠盛,文物三坛礼乐该。
铁马演兵蹄踏雨,银屏说史泪沉埃。
半天归去两千载,亦假亦真何必猜。

2023-6-16

访春陵村光武初举兵无马骑牛上阵故有第五句

篱围老屋剩残骸,澹澹村田稻遍栽。
光武风云墙有画,庶民日子祸无胎。

荷塘牛饮何须战，古井龙潜例可猜。
青柿红椒谋富道，太平不要举兵才。

2023-6-18

访惠岗马家营

车随急雨入村来，举伞访寻门户开。
带货万言男快口，绣花一笑女红腮。
水沾园果满成月，客过篱鹅歌似咳。
血沃泥香十三士，如君所愿再无哀。

2023-6-18

雨中王谢堂馆长领观古石雕大观园

堆山聚水一疏财，收养雕花奇馆开。
嵌壁老龙鳞甲动，镌碑古字鲁鱼猜。
米癫拜处呼为友，元亮醉时眠作台。

石不能言君莫信,细听满苑雨哈哈。

2023-6-19

桓台瞻王渔洋故居

一时山斗旧精魂,郁郁老槐青覆门。
春草池深花认影,双松坞静墨留痕。
至今神韵说难尽,终古韶风不易存。
照己正容传手镜,四千诗句莫相论。

2023-6-20

悼李辉耀老师

其 一

江汉惊闻瑶树倾,夜车百里吊咸宁。
黄灯照户垂垂暗,秫稻围村斩斩青。

棺饰应怜遗骨削,哀情每有故人听。
兰烟三拜忽惆怅,尘世诗途少一星。

其 二

清泪两行难挹流,十年剪拂共筹谋。
心潮珠玉期期琢,春雨叮咛处处柔。
不作空文新乐府,却缘勤事老耕牛。
东亭桐影紫阳水,记得当时诗叟否?

其 三

一生襟抱已先舒,归去谋孙得自如。
只道寻常养残病,忽传笙鹤弃平居。
心头尚有欲询事,案上犹存未送书。
汀泗桥前松竹茂,青山护冢近村墟。

2023-6-24

百羊寨访李来亨营地遗址

石径崚嶒挂壁开,独寻故垒邈难猜。

野村如见战旗冷,横岭疑传鸣马哀。
梦付闯王终不得,乱因商纣转还来。
苍山周匝云生壑,紫藓黄荆掩炮台。

2023-7-27

癸卯二伏游神农架

偶约林泉暑日行,巑岏千仞看阴晴。
云翻败絮天衣破,山卷狂潮地壳倾。
夏雨犹存春雨峭,游人频效野人鸣。
水听一夜香溪醉,高卧岩楼风自清。

2023-7-30

三峡第一村夜饮

轻衣小立峡江隈,夔府暮云风扫开。
黄映夕阳泥舍壁,绿披晨雨石阶苔。

好花待月对人暂,烈酒催诗入醉才。
尘世太平如我意,爱山成瘾故西来。

2023-7-31

偕清安、世才、健安诸先生恩施六角亭访樊樊山故居不遇

疏雨梧桐立短街,层楼何处旧书斋。
海桑不记梓潼巷,冠绶曾焚洗耻牌。
寂寂江山难报主,茫茫身世易兴怀。
云门三万留鸿爪,笔墨争雄故纸埋。

2023-8-8

贺《恩施诗词百年》发布

施州似酒补诗身,终日行吟未觉辛。
晴雨都宜随客意,山川不恶与人亲。

三千字句风流古,百载光华物象新。
开卷墨传香细细,从今八域韵无垠。

2023-8-11

沙　　湖

鳞波剪剪自西来,平望贺兰如镜台。
一港禽因亲水逐,丛芦花待向人开。
织绳系碧沙丘脚,犁浪笑红游客腮。
背后江南前塞上,转身何在费疑猜。

2023-8-14

瞻曾国藩故里富厚堂

荷风寂寂竹风幽,古宅门标毅勇侯。
山日光浮艺芳馆,溪蝉响入读书楼。
一朝艰巨事功在,半世文章毁誉留。

士以中兴待危局，乾坤整顿与谁侔。

2023-8-23

癸卯端阳乐平里路饮次韵王新才教授

店前小坐吮冰啤，野径新蝉寂寂啼。
山雨几乎来屈庙，峡云一半入香溪。
千年何必观棋透，万事依然着手低。
旗鼓纷纷端午日，轻风像我被君迷。

2023-9-2

苕帮后巷之约不能赴分得"人"字

清秋风气未愁人，各得自如忙里身。
对酒后街君兴足，移家南郭我窗新。
十年斟酌缘怀梦，双鬓驱驰岂剩尘。

今免临邛归病渴,黄花盛日蚁醅醇。

2023-9-7

砀山采梨

金赐衣裳雪赐肤,砀山八月玉梨酥。
树犹惊蛰群龙起,果有玄光通子呼。
大谷何须夸海内,孔融倒可满尊壶。
携将百粒归荆渚,且置山盘荐酒徒。

2023-9-22

砀山二中听全校齐诵诗词

共立层楼一整襟,三千学子试松音。
雄分堪比黄河唱,清会已超牛渚吟。
大国风华融血脉,少年志气壮诗心。

秋云与我同停步，只为人间声似金。

2023-9-22

癸卯秋偕京鄂诸君上梁子岛

放舟犁浪弄哗哗，绿岛捧来渔父家。
一鉴银波天有限，半湖秋日意无涯。
沙芦将白作花赏，盐蟹新黄执酒夸。
围坐小轩听野史，百年也入后人茶。

2023-10-12

癸卯秋过曹公祠

乌林几上野花丛，杂树荒祠暮雨空。
樯橹江流经古渡，人家烟火傍新枫。
三分缘合豪强略，一统诚为廊庙雄。

极目朝南望瀛海,无令简册惜曹公。

2023-10-24

参观大冶南山头

关山莽莽展云屏,祠馆深藏春早醒。
野火一星湘鄂赣,兵锋万里陕甘宁。
翻天事染军旗赤,战士名涵桂子馨。
沃血田畴村尚在,新庐已改旧时形。

2023-10-24

谒大冶兵暴旧址

长街一段忽无声,营舍森然步履轻。
碧瓦犹藏当夜令,红旗常展毕生情。
苦秦天下偿乎暴,斩木江南举以兵。

百战功成应记取,几星烽火耀铜城。

2023-10-25

访息国故城遗址

漠漠平畴稻正黄,村台验是旧城墙。
路通楚水依然古,树接淮山分外荒。
破国尊严惟不语,伤心天地竟难亡。
远来幸对秋风劲,若见桃花诗必狂。

2023-10-28

登 横 岗 山

黄花垂石欲填阶,烟径雨余沙趁鞋。
松影香笼林隐寺,云乡风满舍身崖。
谪仙当日未呼我,霞客来时必蜕骸。

更抱冰心上天柱,暂凭惫倦释忧怀。

2023-11-4

贺宁夏诗词学会七代会召开

三十五年诗事艰,春风几度贺兰山。
黄河冰玉归耆社,大漠烟尘忘旧班。
梦绕琼林已难改,心游碧落不知还。
清怀好景长城下,拾入奚囊碛月闲。

2023-12-15

古风

2014年

游黄梅老祖寺

万峰愿护法,攒成碧莲台。径似盘山蟒,百曲费惊猜。舆车饿虎哆,绝顶紫云开。老祖三千岁,伽蓝亦庄哉。宝殿重檐卷,青竹绕寺栽。一鉴灵池水,染云未染埃。僧塔白如玉,佛香因风来。花落经幡动,居士笑如孩。喜结生活禅,人心即蓬莱。我来我复去,胸扫旧苍苔。

2014-5-6

2015年

登 嵩 山

林表繁云隔，嵩高不可测。磴道随山势，缓急无规则。枯雪时霏霏，入石失颜色。四顾杂枝丫，山雾泼淡墨。何能豁远目，岂易辨南北。小坐逍遥亭，越步云城侧。道右峡雾深，道左危崖逼。仰首难见顶，湿岩斧削刻。地心运动来，心怒山仄仄。嵌崖行宫开，天梯石上直。额接前人踵，顿挫径常塞。内热发生烟，膝胫酸痛蚀。借问下山人，前路险如贼。同行皆惊叹，返者多于鲫。一我退意生，另我声似劾。不见担水翁，扶杖犹竭力。不见自拍女，闲闲入云黑。不见敞衣童，坎坷皆自克。汝为伟丈夫，些须忍不得。吾目不旁瞬，吾足不求息。将身百丈岩，埋头自登陟。雾似万马奔，峰岭皆隐匿。偶尔露峥嵘，巉岩高千亿。苍鹰不敢飞，崖树歇鸣弋。振衣三皇口，大风鼓如翼。斜径敷冰玉，急雪挂荆棘。幸无旧路崄，捂颊上峻极。乾坤浑一函，惟余一石勒。高处若低处，锁雾犹缄默。天冻衣正单，复欲返下国。忽然日丸跃，雾散似闻敕。云海翻如沸，漭漭且翊翊。断岭浮凤舸，少室近可识。劲木覆重巘，雪淞灿银饰。欣然出相机，咔咔摄仙域。不计风撕耳，不计腹无食。立石还长啸，吞吐抒胸臆。慷慨离天近，俯瞰居峣嶷。身着黄金辉，云落日将昃。返程谢另我，跻攀向不惑。辞山趋登封，满城雪如织。

2015-4-6

侍　　母

　　树老瘤结多，生理诚难避。新秋日转淡，家慈老病至。头疼扯似锥，托腮神如坠。痛轻惯不言，恐使儿孙累。一朝不能忍，儿惊送医治。医者诸葛心，谨慎为处置。体检排如仪，核磁兼穿刺。问病入何间，半月无明示。只言汝母弱，三高非儿戏。手术不知期，医院身暂寄。朝暮须人扶，劳妻分工侍。租床依母榻，恰与幼时类。奉食不许甜，毋触药方忌。久卧心思细，自疑以言试。泰然笑瞒之，相谈宽胸臆。惭愧榻前语，十年莫可比。忽怜天下人，残年度不易。夜深病房静，秋月照无寐。

2015-9-13

2016 年

游安源煤矿

青山蕴石墨,萍乡得扬名。取之汉阳去,炼石成钢精。钢助兵工厂,锻造寒枪成。天下有所需,便作不平鸣。天下攘攘矣,谁怜矿工情。地底砸铁锤,地上寂无声。黑汗汝面污,矿警铁鞭擎。井深藏烈焰,煤黑点便明。若无播火者,工人命更轻。一朝呼罢工,世事可争赢。于兹中心亮,携手去当兵。凛凛汉阳造,政权为之更。将军本煤子,翻身世界惊。我本汉阳客,专此仰群英。方今世如海,晴日风浪平。

2016-2-17

戏咏梅掂"那"字

朝望湖东山,一带似火过。消防车不鸣,亦无浓烟作。

趋近还一笑,万树梅萼破。嫩蕊倾玉匜,清芬已暗播。播香意若何?欲饱人间饿?人饿不思卿,时时争宝货。如我尚可救,倚树枕香卧。百年不贪心,心海无颠簸。大人且自去,贤为君王佐。小人且自去,恶惹世人唾。东湖梅前客,暂剩我一个。斟酒蘸梅枝,跷腿吟楚些。我骨饱梅香,何物能摧挫!尚有竹与松,始终韵相和。悟此春风来,拂面吹似贺。寒梅亦乐矣,纷纷落四座。春来花更好,莫谓事无那。

2016-2-23

2017 年

贺中州嵩岳诗社成立

诗道如嵩岳,蹭蹬数人行。天阶仰难尽,峡雨卷山倾。可知峻极上,寥无玉真迎。谁复知我乐?乐在得峥嵘。崖花时有待,相坐白云生。

2017-9-2

2018 年

登 天 柱 山

皖山欲雪少人睹,黄石巉峻状狮虎。折竹驱径独上山,尚有寒溪作龙舞。危崖凿阶阶触鼻,天梯不可仰与俯。风鼓云响杖脱手,青光滑堕射犀弩。冻雪成球压虬松,坚如寒铁大如乳。极顶乱石裹冰衣,天池峰上风声苦。向风不可语,语声冻作斧。向风莫凝眸,眸光碎成土。身临地角对天涯,绝壁无底天未补。乱云奔涌混沌开,中有孤峰砥一柱。冰雪被身石嶙峋,一任悲风如猰㺄。又似贯甲大力神,仗剑大荒势威武。始信擎天君作则,人事方能达万古。茫茫乾坤风云疾,此际阿谁与君伍。

2018-5-25

马 渡 关

古道隐隐红尘簇,疑听萧萧马鸣逐。报是涪州荔枝来,妃子一笑百姓哭。江山在手爱美人，敢问天下有不服？美人如花嗜荔枝，蜀道更倩五丁缩。君不见二十里换人，六十里换马，荔枝须比军书速。人瘁马死荔枝抛，化作乱石散壑谷。

英雄不怜荔枝苦，为羡君王起逐鹿。藏兵故垒锁关山，荔枝美人尔专独。尔独尔专能几时？百代萧瑟皆草木。如今马渡关前空相待，美人所嗜已非荔枝熟。

2018-6-2

2019 年

戊戌岁暮感怀

羲舒替如流，谁可为评骘。微生类蠹鱼，编削以度日。坐冷灯一星，淡然理书帙。长忘暮耶朝，岂计华与实。闾巷懒此身，冠盖惜此膝。薄食兼布衣，无暇争甲乙。人以我为枳，不知我为橘。尘世鸡虫耳，往来剑或蜜。不辩亦不愠，椒兰生陋室。偶尔返自然，江山爱我笔。丽句不值钱,却恐造化嫉。偶尔一席酒,同醉同咄叱。天明独醒时,豪气剩万一。因知逢尧舜,故弃纵横术。常笑哓哓者,何意忘戍戍。百年国弱惯,兀自寒瑟瑟。至今诬太平,向洋称子侄。子侄诚易为,不必常忧怵。朔风难吹雪,夜雨自悉悉。江梅暂不开,含苞育春律。

2019-1-10

探香溪源得"此"字

巉崖重重其险矣,古藤与蟒缠山死。地深天窄滚石丸,撕山为壑走虎兕。峡间新花碎如星,石上奔雷泉跃起。问君何苦越坎坷,人间每为安乐喜。我越坎坷本无他,只缘香溪发于此。香溪有村生明妃,明妃未肯湮青史。茫茫大漠燕山寒,琵琶数声丈夫耻。独立溪源拊膺叹,柔水焉生奇女子。

2019-4-14

洛阳赏牡丹

　　芳让百花后,千里访伊川。黄紫东风意,美人园中烟。心羡牡丹色,诗中不敢怜。园外犹有丐,尘世尚无贤。闻香恐人问,能值几多钱。

2019-4-29

岳　阳　塔

　　莫谓洞庭大,不如此塔直。莫谓湘天高,且容此塔测。若将塔作箸,君山比一稷。若将塔作人,乾坤忽沉默。

2019-8-19

谒甘宁墓

富池秋日烈,军山石嶙峋。独行峡中路,来瞻舞戟人。园桂初有馥,墓阶净无尘。甘泉流石窍,野庙隐鸦神。当年锦帆贼,江表为虎臣。献策擒黄祖,夺皖不惜身。酒酹濡须口,弓引逍遥津。天下未定日,斗将是麒麟。智勇诧千古,声名岂沉湮。乱世或治世,且莫作庶民。汉祚纵不衰,兴霸非儒绅。

2019-9-15

贺涵社成立

问我何所为,流年如解结。千结万结开,心比秋月澈。滔迹鄂渚肆,衡巷自豫悦。夜读古人书,不信也不蔑。将身寄太平,六韬皆虚设。秋讯塞上来,吟风熄世热。击钵二三子,与人似有别。嶙峋数行字,欲洗天下洁。推窗望天笑，大雅竟未绝。

2019-9-27

梅兰芳曲

修眉皓齿别样妆，伶名久播是梅郎。临风玉树一才俊，欲笑还颦冷艳香。垓下烽烟虞姬剑，月中桂影姮娥裳。可怜群芳妒舞袖，新腔已称菊部王。悲歌兴亡不是戏，太平久被红尘弃。世局变如走马灯，缀玉轩里未可避。枪花剑影天女歌，秾丽风华示深意。舞尽人间生死恨，瀛海炮声走铁骑。神州茫茫悲沉沦，国破寄作沪上人。忆昔豪为东洋赈，今日焉被东洋臣。褪去红装梅香在，唇上劲髭鉴精神。不为强寇歌一曲，八年面壁甘守贫。梅馨兰芳因有骨，岂以霓裳轻唐突。渡罢劫难见降旗，壮士凯旋饮马窟。扬眉飞袖起申江，美琪戏院热乎乎。梅郎未老中华新，鞍马奔走效士卒。披襟歌台啭玉喉，幽香倩影为民留。芬芳一掬传弟子，管弦应奏乐与忧。人间绝唱穆桂英，江上峰青水云柔。戏里戏外赞梅郎，一世贞心爱神州。

2019-10-3

偕妻游净居寺次东坡韵

相携入苏山,茶绿染秋衣。苔阶松下湿,书堂鸟唱微。中岁繁世事,偶尔一忘机。袖手对太平,含笑看天威。与物皆昌懋,素心未多违。东下古人峰,塔头雨云飞。佛目禅房寂,伸手似相挥。世安佛亦闲,烛火红辉辉。老僧无一语,何烦问是非。且抚寺前柏,千载弄朝霏。苏子来时见,徘徊或曾依。石净容小坐,心空便自归。

2019-10-13

九日罗山县望龙山

万山俱尚在,独望此山无。山因落帽恶,俗人竟呵驱。驱之山不走,划之为陂湖。陂湖水如鉴,映照青云途。孟嘉知还笑,以手折茱萸。情亲者谁子,幽人十余徒。相约重阳日,来此辄倒壶。高谈惊秋雨,得意即大呼。龙山变隰泽，无奈吾辈愚。

2019-10-20

宿 修 水

出鄂秋山多，重重总有路。闲心任轻车，东宿修水暮。久埋市嚣中，焉知生物苦。川野数回转，心乃与物互。自春迄深秋，九江渴无雨。偶得云影合，数滴比甘露。园田尚有灌，可怜万山树。青松化金松，枯矣竹海怒。天温夏犹近，草色冬已妒。千丈泉涸痕，似在撕山诉。看山不妩媚，吾心祷亦屡。将过港口街，玻璃雨滴聚。停车一开窗，仰首沐嘉澍。夜眠忽不稳，时听楼外渡。

2019-11-2

登八仙垴

世路难祈平，北山起礌磪。驱车投之去，一腔气未馁。

斧削危崖出,虺径盘魂磔。孤鹰带云翔,群壑向天汇。山比人多趣,黄英灿每每。绝顶石成林,相顾自闲颇。或如踞虎雄,或如卧弩猥。或如凝彤云,或如含珠蕾。万状由天工,造化思无悔。怜石未生心,千古绝磊隗。偶有斫破者,其色近玑琲。因解米元章,濡须屈膝腿。何不一化之,胜做人傀儡。

2019-11-5

偕勇刚兄夜步湘江堤时与中南大学诗会

麓山黑如黑,踏卧湘江侧。万点长沙灯,乱似我心色。行散上长堤,片月未可得。大雅久不作,何处问通塞。遥望子美阁,江水深似墨。诗是谁家事,思之忽恻恻。归卧待明朝,高贤解我惑。自笑入宝山,莫作空手贼。

2019-11-20

追和孟襄阳登鹿门山怀古

清汉浮渔梁,新桥别首岘。鹿门一带山,秋树鲜可辨。溪石缠水痕,残菊香已浅。鸣禽似识我,野径随峰转。孟园葺亭阁,相对如重返。竹疏容斜日,池小恰青藓。云藏古寺钟,悠然伴登践。松阴夫子坟,清风绕未远。圣代不弃卿,卿心自疲蹇。嗟余尚需去,蔼蔼汉津晚。

2019-12-9

己亥大雪日有约不能践 遥得"主"字

有约有约心如鼓,大雪之夜难做主。遥念江月照南浦,此身寄在襄阳府。岘首山前芦荻舞,独举清樽向苍宇。月尚未满能架橹,耐可乘流与君伍。莫谓某某猛如虎,莫谓谁谁杯换釜。千杯万杯何足数,大江倾尽向海酤。天地尚须浮名补,浮名总被饮者取。高阳池畔无自诩,山公醒后心有谱。臭花鲢,香豆腐,今宵对酒无风雨,且弃万代折腰苦。

2019-12-11

荆门惠泉和东坡

泉源从地来,莫可测节脉。欢腾沸珠逸,蒙山似开坼。千古一石泓,为谁洗胸膈。盈盈泄岩溪,隐隐鸣蝼蝈。寒藻向人舞,潭光柔似帛。借问照影者,世事何交谪。倚亭坐山风,心水同澄碧。已忘身乌在,不能辨菽麦。

2019-12-21

己亥冬汉上初雪

窗外一声吼,天上撒雪来。撕云者谁子,手法实拙哉。东边大如席,西边细若埃。若埃难覆树,如席不满台。地暖嗜食雪,沾唇即化开。纷纷佐泥浆,谁怜出九垓。问君一何乐,发此一欢哈。待我举首看,不如我首皅。片刻风卷尽,遍地仍蒿莱。

2019-12-29

2020 年

游罗浮山次韵东坡

南粤石峰接瑶京,霞聚空山碧鸡鸣。径花牵衣风牵手,白莲湖外古峡明。梅山未留绿衣童,石桥不遇安期生。朱明洞口飞云散,青粳饭足付谁耕。浮生难醒逢仙梦,自诩好古师老彭。揽尽山色心忽觉,罗浮已让神仙轻。罗浮重者抱朴子,不许病蛊夸阴狞。稚川丹灶今犹在,身与鲍姑坐云庭。罗浮重者屠呦呦,肘后方中得真经。一剂活人青蒿素,春雨润物山勒铭。云上仙神真渺渺,云下几人怜卿卿。东坡亭前倚石客,不是心累心已平。

2020-3-27

赋春水

疫散城解禁，荻芽新嫩时。滩平昨夜雨，溶漾去迟迟。映云复映日，相对似相知。涟涟清风影，依依北山姿。游鱼争浮花，白凫看已痴。青堤采菰蒲，蛙声手中持。几上垂纶者，何如柳垂丝。大病过来人，万物皆含慈。长浦无穷意，江头碧参差。

2020-4-21

贺朔州诗词学会成立致红儒兄

雁门关北无闲月，杀虎口前风不歇。胡笳满天八月寒，烽火连营重斾钺。惯以长城忆朔州，白草古戍熊夜啾。忽闻嚆矢排云上，白社新结换貂裘。太平日久疆土阔，呼朋把酒望天末。并刀割愁诗交心，广武城头锦袍夺。尧年甘雨常晏如，多闲读尽古今书。算得名存千载后，未被人比班婕妤。我在江汉水之涘，遥念马邑杜与李。塞鸿从此多一举,足系夜誊新诗纸。

2020-8-20

泌阳盘古山

几人知从来?秋山问盘古。碧蕨掩沙径,苍烟散松雨。石井柏根下,寒文甘似乳。神庙踞危冈,肃肃传钟鼓。披发衣槲叶,慈光眉目妩。混茫肇开功,太荒方有主。虚霁轻浊分,化身成寰宇。或谓人本虫,黎甿莫言苦。黔首与苍头,下品应陵侮。编此妄谈者,引颈且受斧。茫茫堪舆间,兆民共初祖。何为助纣虐,君子固不取。

2020-10-27

石 鼓 寺

顽石深山里,何人先叩之?叩之声嘭嘭,其人乃异之。异之偶相传,野人渐晓之。晓之不了了,俗人故神之。神之终为石，游人一笑之。笑尔欲为鼓，为谁报辰时？笑尔欲为鼓，为谁伴舞姿？笑尔欲为鼓，沙场难挥师。笑尔欲为鼓，冤诬难鸣知。山中顽石耳，人奇无自奇。不见来时路，他石斫为基。侥幸以声名，独得祀庙祠。须知嵚崎间，造化有早迟。诘彼相夸者，无乃太迷痴。

2020-10-28

庚子诗会与赣川冀诗友小酌以陈散原"来作神州袖手人"分韵得"袖"字

武昌相会时，山锁澄江瘦。楼高白月新，杯满縠纹皱。玉脍不下箸，话题多如寇。雅谈人难解，以为谪星宿。或及巴山雄，或及滕阁秀。或及楚江改，或及热河狩。何不及海峡？海峡生困兽。兵车忽辚辚，烽鼓喧昏昼。时势不肯忧，无力披甲胄。战开诗必好，可怜白骨臭。思之不思之，对酒谈宇宙。何况座中客，尚有两红袖。

2020-11-4

咸宁博物馆商代铜鼓

　　馆藏灯射静如蜷,铜青似衣覆戈戈。云纹回旋铸饕餮,不须簸荡杀鼍鼍。君王壮志钲钲击,旌旗蔽日士翕骈。吴戈在手披犀甲,驷马冲阵矢离弦。功成四罪天下服,洗兵放马鹿鸣筵。一朝深埋尘土里,雷霆在腹三千年。三千年,一酣眠,人间几番地变天。不知秦汉无魏晋,冻水悲风事如烟。我今来观尔已醒,向人依稀起囍囍。夷洲烽火携尔去,临海一挝发楼船。

2020-11-22

2021 年

三　叠　泉

　　缘溪访五老,山裂似天裂。断壑通地心,仰首崖似铁。

寒云黯森森,时散数片雪。雪入天门潭,化作碧玉玦。水流蜷欲凝,漱岩声咽咽。横天三石梁,悬泉飞冰屑。平日银河水,今日冰川结。双股存细绳,坠如玻璃跌。瀑声岂如琴,疑似两军决。猎猎阴风中,频频闻戟折。我本寂寞人,相对骨寒彻。莫谓林泉适,何处无凉热。

2021-1-7

咏牛得"不"字

鼻柔牧以绳,讵能再言不。心柔牧以道,乃知有所勿。纵之不蹊田,解之惟悲郁。已觉食草甘,亦无卧秽艒。徒有犀兕力,敢向长鞭倔。同类此间多,驴马比仿佛。尝闻身毒好,尊尔如尊佛。雪山不堪望,迢递兼崛岉。

2021-1-26

咏　　酒

座客不肯饮,狂生举杯起。把袖问生涯,谁不渺若蚁。

蜗蜗天地间，寂寂终与始。一杯宇宙小，日月弹丸耳。似醉非醉即桃源，长清长醒苦海里。尔不肯饮尔欲何？万物刍狗谁独鄙。座客摇首笑，君言亦成理。世情乱如丝，非不知醉美。醒时身何在？蚁生犹未已。杯中消愁药，实为假钞纸。

2021-2-1

瞻徐霞客纪念馆

升庵三十载，始得一祠之。霞客来一饭，端然占半祠。祠者有偏软，少华固自知。古木清风绿，庭花红披披。连帧图文布，饱览崿嶂奇。功名志不立，孤筇似顽痴。暮投苍梧宿，晓向碧海辞。把火探渊洞，溯江近天池。行踪半天下，多在寂寞时。滇游废双足，万里归去迟。不得名绝国，壮怀恨无期。若非奇文在，古潭无涟漪。浮生如风过，不可仔细思。

2021-6-20

昆明陈氏兄弟歌

　　辛丑临滇池，夜坐皆鹿帻。陈氏来昆仲，言语无碍隔。能揽天上月，饱人相思魄。棠棣竞陶朱，父业益煊赫。盛世多豪贾，常忧天下责。庚子江城疠，四海春寒迫。当机未敢误，急发封城策。时有楚游人，昆明滞如谪。欲归道路阻，投宿遭人斥。避疫人相惧，况对江汉客。有司急人难，来访陈氏宅："君家温泉馆，客多地未僻。今盼雨及时，借为楚人驿。前觅已多家，悉拒虑遭厄。"二度家庭会，定案于一夕。开门纳楚民，隔离专馆辟。纷纷来投者，足破三千额。时艰物质贫，厨上难烹炙。兄弟筹多方，日日如课役。人家避如螫，陈氏趋如鲫。辟馆百十日，幸无一客疫。我闻陈氏事，举杯特离席。愿代武汉人，敬君此甘液。双雁冲天起，百禽齐振翮。

2021-7-26

随州苦雨作

上月郑州雨，丧民逾三百。昨夜随州雨，廿余阴阳隔。推窗问彼苍，人命可不惜。朝传图影真，柳镇成舄泽。长街恰作堑，浊流如沸液。浪欲楼上卷，天犹未补隙。暴雨如暴君，夜半自天迫。黑云原是海，瞬间天决圻。赖有丹心人，惊起倒双屐。循街喇叭呼，呼人徙高宅。谁救民水火，此疑民已释。每于疮痍处，心安一旗赤。即吾孤吟时，灾区正勤役。故令文字垂，汗青未扫迹。

2021-8-13

辛丑立秋日小悟山望湖亭逢雨

清风如佳人，散我心头热。裊裊拂衣尘，偕瞰湖光澈。碧屿带烟出，潭面若被雪。山亭高近天，沉云黑似铁。澴上苦暑久，川野将燔爇。峡中雨欲来，青田先我悦。我悦复我悲，悲心越大别。中州常年旱，今岁天忽缺。云变冥海落，人或为鱼鳖。闻讯成惨然，转侧结心结。但闻天将雨，便恐天饕餮。此日逢甘霖，不免笑衔绁。苦雨喜雨间，何者是关捩。

2021-8-14

孟晚舟行

越禽不思燕，烈士尤恋汉。古有执节人，牧羊北海畔。泣血十九年，归心斩不断。今有华为女，异国遭绁绊。拳拳千余日，凛凛金不换。王霸花旗国，行事如野犴。东窗莫须有，枫叶藏狐伴。上邦复兴路，迢递复多难。魑魅夹道行，仗剑莫畏偄。国强能护民，困厄心勿乱。虔信旗展红，千帆达绮粲。海贼徒诬谋，大道岂容叛。今宵烈女归，汗青必留赞。

2021-9-26

访段维会长拂尘园

　　教授存幽性,庚园时留停。翠微隐行迹,小楼读骚经。半亩人外地,花影叠阶庭。凿泉容日月,种莲播洁馨。风洗东坡竹,松扫西山亭。白云起南峰,青池依北屏。今日随君返,立庭如酒醒。况见尊翁颜,山居入耄龄。锄耰闲挂壁,豆藿养神形。衣尘兼心尘,拂尽林壑宁。太平可归去,懒作江上萍。

2021-10-2

陪胡迎建、郑福太、段维诸会长登行吟阁次韵胡会长

　　立冬雨冷风大作,晓来已扫天焯焯。相偕城隅看名湖,湖东湖南山似跃。杉堤行过落羽桥,锦枫捧出屈子阁。泽畔石像也如人,千古独立空寂寞。危梯同登推窗开,一眼望尽楚山脚。水镜千顷只照天,君心镜明照人瘦。我扈江

离却无言，闲看湖影翻金箔。波上白鸥数点轻，自去自来殊不恶。

2021-11-9

步巴东寇准公园

曲者毁直者，古来已审然。巴山莱公像，江上复谁怜。宠辱缘一念，成败论澶渊。秋叶染石径，清波满峡川。沓嶂登临地，重云徒蔽天。

2021-11-20

登巴东大面山

问君何必此登攀，高唐往事因削删。巉岩下望百谷集，群岑翻波走？猨。刺天之锷泥丸小，乾坤不过玉绦环。巫峡峥嵘无从觅，江作横塘水一弯。悲风撕骨声訇礚，浮云射雨冷未悭。凄雨湫风不改容，惟我危立天地间。高矣险矣，临望潽矣。广矣普矣，万物艰矣。汹汹淡淡江暂止，虎豹豺咒隐其蛮。阳台游梦真堪笑，不如笑笑袖手还。

2021-11-26

2022 年

龙锚岭叟

　　北山衣新翠，春风绕古村。舍前桂荫坐，与翁话鸡豚。少学泥瓦技，一刀远近尊。日进百十金，价以大工论。中年罹肺疾，疑将入青墩。侥幸天未弃，归去事耕屯。十载种藜蒿，市人爱野飧。连棚似连营，细数金满盆。田施氮钾足，土酸难养根。地力焉可竭，今余荒草痕。强壮俱四海，致富别农门。村前行村后，闲田望无垠。赁地三十亩，精心植稻穈。秧板无须滑，铁镰无须抡。撒播兼机收，新谷不必囤。渠堰旧时水，机台灌新恩。把酒待浆满，稻香浮黄昏。亩产及千五，一季二十吨。掐指去成本，五万垂手存。今者身已老，膝前盘娇孙。移时春耕计，还待问季昆。

2022-4-6

宝地温泉小镇行

飞航迢递赴关东，平川浅壑碧苓茏。一镇堆绣如海市，钟塔霞楼罗马风。玉池新爨荡烟霭，沸珠清响闻竽籁。碳酸氢钠喷神泉，觞饮胸肝无不泰。美泉濯身慰倦游，汤温沫香忘春秋。古水今人一相遇，杂念更无到眉头。主人清婉知姓窦，芙蓉照水未及秀。含笑红如玛瑙杯，劝进芳醴谢奔辏。呼麦音震歌喉开，马头琴引旋风来。烤云煮海谁不醉，今宵何必问茅台。醒时朝雨绿深处，光影满堂聚俦侣。为证诗属辽西城，最钦一席京中语。小坐墨香试闽茶，往来书院无尘沙。铭牌托君陶孟事，田园新曲兴亦赊。挥别袖涵紫烟去，世事何须悯匆遽。来日江南忆樽前，曾此关塞叱吾驭。君不见，此往此来万千峰，自囹自圄途自穷。不若缘遇而作真斯性，向己借寻一扫芥蒂胸。

2022-8-5

京山花苑台

　　青秧杂芙蓉，峡田平如劙。崖台横城堞，北山已半衔。传为孟嬴苑，犹立楚王憯。桑柘村舍隐，竹亭逸飞彡。泠泉涌沸急，活活出高岩。高岩被古木，清阴掩崭巉。苔阶登九叠，蝉鸟相呢喃。嶙峋孔隙密，石怪状羺羬。一窍生寒飔，望之愁黝黯。爽然俯身入，数步开弘函。广庭如覆铫，可容郭泰帆。穹顶开天眼，皎如明月嵌。垂地光一柱，射焰似櫽櫽。仰视火云过，身冷思秋衫。解榻避熇暑，卧此自非凡。山中询掌故，野老口三缄。归来求史籍，惊栗失酸咸。建炎天下乱，群寇事斩艾。驱民囚此洞，烹尽未解馋。哀积白骨满，石窍密封严。今逢太平世，事事有牧监。若返建炎时，逃死谁相搀。

2022-8-19

壬寅仲秋宿英山白莲河

　　庸庸寓江肆，碌碌未开胸。暂作英麓客，来宿万叠松。

彷徨西河畔，蹙然结愁容。天吝今岁雨，百载信难逢。苔枯竹风死，秋暑用残锋。平滩生碧草，浅波逃螭龙。山根黄一线，岸痕忆溶溶。忧心到稼穑，逸兴觅无踪。为惜西流水，当年筑坝封。储玉十亿亩，东楚得年丰。无水助诗画，有水溉茶峰。民生谢水利，旱涝不伤农。感此心暂适，临窗卧吟蛩。晓来日复灿，云色淡慵慵。

2022-9-15

长征体验行

队似龙腾旗似火，苍山早行今有我。草上露滑石径盘，大军岂惧白匪锁。枪声疾疾硝烟香，前锋已过松岭左。对唱战歌敌胆寒，杀气冲天山也躲。海寇侵国无可忍，拔剑挺身无不可。缩地半日万里征，流汗能解流血么？先贤业雄效其神，跨水跃山志未堕。归来不知鬓毛衰，梦里蹬被争百舸。

2022-9-16

致覃重军团队

  织出单条染色体，真核细胞得新制。酿酒酵母此连环，人类或可成上帝。彭铿难敌细胞颓，采补阴阳骨仍灰。人工已减端粒数，受寿永多理可推。事功初缘敢猜想，驰心未许限罾网。更须理性细筹谋，工匠精神足师仰。沉思试验五年期，惊天创举寰宇奇。人岂能安天付命，无限可能确无疑。

2022-9-18

壬寅秋登安陆白兆山次韵青莲居士

  将登忘吾年，遗痕访谪仙。祠馆辨图像，眉目犹翘然。偶从天京返，来借松房眠。酒共桃溪醉，心与山月连。未乐三清外，且啸白兆巅。平野送流水，群山叠夕烟。泉畔生新木，岩下认旧田。谁存江海志，尽迷镜花缘。细思千万载，无非物所旋。

2022-9-28

英山油面行

英山下,西河侧。麦磨粉,粉有德。一勺水轻糅,垂丝如能织。架上就日晒,晒出黄金色。君已识,黄金无趣甚,不胜一箸食。君晒黄金我晒面,问谁先招东山贼。

2022-10-2

2023 年

登 九 华 山

人怒发冲冠,地怒山撞日。九怒裂九华,天倾六龙逸。今我登花台,缆车胜鹰疾。飘飘亦飞仙,云路通石室。烟霭呈玉淞,峰壑点银漆。参差或犹存,岩峣已半失。何以地怒无？闻言山抖瑟。终究答不来，归途暮云密。

2023-1-24

白兆山访桃花洞

碧山春雨霁，暮日照崚嶒。紫岚千峰远，大野一水澄。昃径通新翠，危岩落孤鹰。生风动杂树，流香绕老藤。花密缘壑险，洞幽故烟蒸。侧耳听泉响，抚石疑龙腾。太白蹉跎日，曾此对书灯。爱仙卧长云，素心养大鹏。遗迹人来少，追思愁不胜。借问尘埃里，何事犹兢兢。

2023-4-9

屈原村照面井

山欲冲天壑欲裂，天地从容容自决。车循九折上崖行，一泉涌出寒如铁。传闻照之显忠奸，万世无人敢等闲。人心都知忠方好，临井先报是忠颜。忠者固须事何事？请君为我言一试。人言为言作君言，君言未必即君志。此是何乡君知无？屈平辞赋道不孤。请君莫怜屈子死，端阳本意是醒愚。何者为愚我不晓，女贞花开香悄悄。青峰千叠只闻蝉，但知骚经读未了。

2023-6-21

偕尔雅诗友游龙进溪

西陵江水平，游舫泊青竹。溪向峡江开，爽气出幽谷。崖惊天侧倾，一径入山腹。回首竦石梁，势如骊龙伏。船歌响林樾，水烟淡岩屋。落影鱼鸟闲，流花蜻蜓逐。月桥闻唢呐，土家借溪宿。相将观嫁娶，山深亦得福。路尽石上苔，声来石上瀑。翻腾猿相欢，已忘昔时哭。瞬时雨有晴，清音挂嘉木。不知古与今，云萝容卜筑。

2023-7-1

黄梅谒鲍照墓

寻阳存孤冢,不为世所闻。寂寂碑字古,衢道偶中分。坟上百年朴,郁郁似不群。一挹身亦独,千古无所欣。谁谓君俊逸,人事每劬瘼。勃然奏诗日,应嗤鄙累文。我亦尚险俗,多以附参军。岂待有人读,兰艾终同焚。

2023-7-13

登白盐山

昔者谓瞿塘高浪挟雷奔,双崖积铁封一门。今者危立白盐对赤甲,风生饥虎峡色昏。赤甲突兀临江挂,隼不敢攀惧羽铩。黄岩碧树错杂纹,磔磔山鸟呼如话。岷江一线流赤金,逶迤西来水无音。三峡波涨夔门下,白帝珠嵌滟滪沉。插天列嶂皆矮我,纷纷跃起天边躲。贪看横飞云万里,孤城落日红胜火。君不见足下长江不过畦沟通,千古往来只争蜗角雄。江山暗笑君知否,可怜相托永安宫。

2023-7-17

谒西夏王陵

贺兰山石似虎跃,横亘天际云漠漠。山下平碛棘草黄,大坟小坟如棋落。大者葬帝小葬侯,国毁之日一例掠。保国不易保坟难,细思千古剧恶作。饿狼环伺剑悬头,二百年间国势弱。宋强臣宋金强金,钢丝一线外交略。经国纬政能重文,文字别造殊不恶。戎狄荒服不读书,一炬焚之考难索。君不见古来小国社稷每难长,亡鹿子孙任人虐。何故英雄殊死争斗如沉蛊,我辈尤难知晓其中乐。

2023-8-21

词 部

小令

2014 年

相见欢·生日感怀

此心长属天隅,与人殊。好在酒红一靥似当初。颊未皱,发还秀,贾难沽。先养书生肝胆照江湖。

2014-3-2

武陵春·游五祖寺

冯茂山前天地阔,倚柱听檐铃。解得楞伽般若经,带发水云僧。

我有灵根君识否?心镜已磨明。几点尘缘未摆平,待了处、万山青。

2014-5-6

浣溪沙·游西塞山次韵辜学超小友

一壁青崖砥浪中，昆仑西出未尝逢。大江也避此山雄。
北望亭前诗思富，桃花洞外野途穷。欣随诸子说从容。

2014-6-1

菩萨蛮·谒岳阳鲁肃墓

巴陵城下寻君处，洞庭巷陌斜风雨。墓草又逢春，怀君剩几人。

当年分鼎力，惊落阿瞒笔。一语定江山，仲谋碧眼欢。

2014-7-6

浣溪沙·赞徐虎

沪上高楼与海连,满城灯火有谁添?请呼阿拉解君颜。
服务车勤一人苦,保修箱小万家甜。雷锋活到两千年。

2014-9-21

菩萨蛮·赞秦云贵

黄沙卷地黄云急,阿谁瀚海勤相觅?井塔立昆仑,石油如酒醇。

玉门关外路,常惹亲人妒。探得地心珍,春风为洗尘。

2014-9-23

2015 年

柳梢青·偕华科大瑜珈诗社诸贤沉湖观鸟

楚野兰烟,沉湖一鉴,目击幽燕。菜叶霜红,荻花霜白,闹向云边。

远来不羡归田,羡候鸟、悠悠乐天。黑鹳鸣云,天鹅踩水,翅影千千。

2015-1-7

西江月·赏消泗油菜花

大野刷层金漆,长空洒点香精。蜂儿不肯绕桃樱。都赶菜花欢庆。

柴笋炒鲜一碟,藜蒿蒸嫩千茎。看花归去腹难平。采

袋春天做饼。

2015-3-13

踏莎行·夜游东湖樱园

树影堆云,樱香染鬓,花如星海离人近。红桥那畔乱千枝,星星欲向湖心遁。

径引灯柔,水争蕊嫩,一痕春月淡生晕。可怜花堕似流星,君非樱树亦含恨。

2015-3-27

浣溪沙·与高原风芹溪堂主等游远安玄庙观水库

拿片坝堤卡住山,九天来水莫思还。瑶池让给楚人欢。一掬琉璃山作捧,几条柞艋玉为盘。青峰指点似王冠。

2015-5-10

浣溪沙·题潜江《乡韵》

春到潜江最喜平,一方花毯绣工精。湖光麦浪菜花明。
盘卧龙虾红似恼,井喷石漆黑如凝。拈来乡韵发新鸣。

2015-8-14

浣溪沙·九宫山避暑

残塔新开木槿花,高低古殿雨垂纱。云湖涨雾掩人家。
急买秋衫翻避冷,乱穿雨服似披袈。山风抹紫脸边霞。

2015-8-26

浣溪沙·远安县嫘祖庙会

嫘祖像前朝日红,山街开出伞花丛。蚕龙舞在笑声中。
野蕈尚携山味道,桐油自带水姿容。一篮买走万千峰。

2015-8-31

2016 年

鹧鸪天·井冈山

　　五百里山谁最奇,非吾非汝也非伊。黄洋界炮踞无语,八角楼灯亮便知。
　　山路舞,我心驰,轻车阅尽井冈姿。常逢烈士松间墓,夜雨疑班得胜师。

2016-2-15

鹧鸪天·丙申夏日游黄鹤楼次韵乔本琳大姐

江上行舟夏水浓，乱云起落自从容。一窗晴照一窗雨，半市江风半市虹。

思鹤影，绕歌钟，扶栏西望忽心空。廿年晴雨江城路，回首何由觅旧踪。

2016-7-28

南柯子·和施议对教授丙申重阳华中访学有作

穆穆君何似？清江浮白云。红尘辞藻入新论，雪月风花皆欲过君门。

临海生慷慨，摘文具胆魂。力催风雅再逢春，濠上纵谈花散域中尊。

2016-10-14

临江仙·奉和皇甫国先生秋日书怀

恨日瞬时移脚，学蚕累月吹丝。君来据说已多时。前天枫树上，着火我才知。

一点皆投梦想，半生都笑愚痴。斜风细雨几人随。无非空算计，初志莫参差。

2016-11-4

2017年

浣溪沙·丁酉端午借舟游斧头湖

烟水盼吾多少年？抚吾双足此缠绵。浪花贴向素襟前。大梦醒来端午酒，清风借得少年船。湖心一笑忽陶然。

2017-5-30

西江月·游黄陂古门峰

赶石堆山种种，栽松迎客株株。山如卧佛石如珠，偌大木鱼谁鼓？

古寨何人论剑，青峰欲我安庐。溪声一路唱诗书，却到湖中不语。

2017-6-6

鹧鸪天·偕妻至黄陂快活岭庄园采桃戏作

　　碧叶夭夭满袖毛,先尝为快逞英豪。相看鼓腹莫撩笑,只恐喉中蹦出桃。

　　追方朔,乐逍遥,仙云尽向此间飘。一囊贪摘枝头果,王母化妆下九霄。

2017-6-18

虞美人·灵璧县瞻虞姬墓

　　唐河柳影怜孤冢,石像蛾眉动。水边台馆任阴晴,惟有伤心古事倚栏听。

　　楚歌恰是无情物,一曲埋枯骨。英雄不可败于人,未见至今恨尔负香魂。

2017-6-20

浣溪沙·萧县游皇藏峪

满峪古檀抱石青。蝉鸣野寺盖经声。游人踩碎半山晴。
石洞藏龙谁恰见？汉皇得国事难评。山泉一掬自清泠。

2017-6-22

浣溪沙·游清江画廊

云赖青山不觉惭，青山恋水比郎贪。轻舟一叶入群岚。
划过千湾心已野，掬来一捧手如蓝。巴王故事佐闲谈。

2017-7-1

临江仙·汉口江滩渔港小酌拈得"春"字

海雨敲残晓梦,栾花绽亮街尘。一江水落剩潮痕。杯中三五辈,暂作竹林人。

拍案犹能笑笑,对君何不醺醺。谈锋如剑也相亲。风吹秋事散,转眼又逢春。

2017-9-16

浣溪沙·第三届当代诗词创作批评与理论研究青年论坛即席

岳麓山前湘水清,枫香满院讲坛明。不知肉味似知卿。诗是红尘神怪事,谁为晦夜孔明灯。可来此处问多情。

2017-12-10

2018 年

定风波·宿达州莲花湖

　　城外山围湖水平,清波翠竹夜无声。我醉欲眠偏又醒,峰影,推窗邀入两多情。
　　莫笑痴狂皆过客,沉默,何妨掬水濯冠缨。身在达州心可达?惭煞,一生肝胆却山行。

2018-5-27

西江月·访谭家沟

　　廊柱挂干幸福,梯田长满贫穷。几家村舍乱山中,岁月曾经冷冻。
　　铺硬通天村路,改香筑梦房栊。山墙彩画小康浓,日子重新播种。

2018-5-29

浣溪沙·访万源天池坝移民安置新村

万壑千岩未漏恩,天池流水福人人。出山修得隔篱邻。弃却当年蛇径野,换来此处雀舌春。八台山下建茶村。

2018-6-2

踏莎行·磐石草莓园

青垄连山,粉墙画柳,银棚卷起歇阡亩。我来已过草莓期,主人捧出红莓酒。

客爱奇芳,地怜巧手,春风吹过惊田叟。山田疑换织神耕,财神已在村头走。

2018-6-3

鹧鸪天·参观自贡恐龙博物馆

太白华阳幻作龙,拾遗工部亦成龙。大山铺乃卧龙岗,还卧东坡文雅龙①。

泥变石,石埋龙,桑田沧海困蛟龙。侏罗纪后龙藏骨,有人自报是真龙。

【注】①太白华阳龙、拾遗工部龙、东坡文雅龙,皆自贡恐龙名。

2018-10-7

2019 年

柳梢青·春雨登虎丘

塔影梅薰,古池微雨,爽阁寒雾。孙武亭中,真娘冢畔，作片闲云。

憨泉酒醒无痕，忘多少、人间戚欣。书剑生涯，楚吴功伐，不敌浮尘。

2019-2-18

浣溪沙·通城东壁溪赠胡松老棣

空峡无人花事匆，浮樱流水自淙淙。山瑶垒石有遗踪。小坐听溪风不乱，野行得雨兴尤浓。云间引路是胡松。

2019-4-7

鹧鸪天·己亥暑日君山御园饮茶

小坐茶轩暑气空，穿庭燕子自匆匆。一壶释出君山碧，半港梳来湘竹风。

云梦水，洞庭峰，生涯能得几重逢。当时秋叶当时雨，沏到杯中淡也浓。

2019-8-18

鹧鸪天·题武昌诗警文化墙赠楚成

一袭戎装上粉墙,武昌警界作诗郎。星眸似海深犹沸,铁骨如梅瘦亦香。

民瘼事,警徽光,云笺文字未清狂。廿年已付江城月,筑就公安诗路长。

2019-8-23

踏莎行·中南大学听王志敏君弹词

鼓逗春风,弦拢秋雨,舌华闲把春秋补。长沙夜坐一盅茶,尘心已到多情处。

快板高扬,柔腔暗吐,曲中演说悲欢路。肝肠我愧软

如君,静聆忽觉青瞳苦。

2019-11-21

2020 年

浣溪沙·庚子寄内

疏雪明窗木影残,萦萦半枕五更寒。氧瓶香嫩沸珠欢。
锁院信风轻一别,拈梅坐夜忍长叹。归来为我净衣冠。

2020-2-15

玉楼春·疫中隔离次韵寄程林兄

江雨残寒难掩俏,春在云间催羽棹。一园晨鸟语玲珑,数影朱梅香窈窕。

聚散如烟安可料,愁作常因回首眺。樽前听雨莫彷徨,择日归来风已报。

2020-3-1

卜算子·疫中隔离步韵寄筠子女史

深院岁时长,坐看樟阴转。风净行廊总无人,世界离吾远。

抱病破离愁,恶疫安能慢。宜倩桃樱花要乖,绽在归途畔。

2020-3-2

浣溪沙·贺宋定超先生 《老农夫诗词集》付梓

水港清漪胜酒香,爹湖万顷是诗囊。小山松影挂西窗。

略记风霜开口笑,闲评今古看云翔。老来诗作养生方。

2020-7-15

2021 年

菩萨蛮·瞻芷江受降堂

隼鹰怒发长云阔,神州岂任倭刀割。铁甲战湘山,恨如芷水寒。

受降门上字,碧血春秋事。不举胜时壶,惟知永作奴。

2021-4-23

鹧鸪天·游屏山峡

娄水撕山效鬼工,野航浮若上青空。云沉欲覆溪中石,崖起疑追壑顶风。

　　山作挤,地将缝,看天一线我如虫。不嫌人世风光窄,约向风光窄处逢。

2021-7-21

浣溪沙·吕王道中

青柏阴浓绕野村。陶家秋谷晒金鳞。栾花簌簌逐车痕。寒石一碑千烈士,苍山十里九将军。等闲换得世欣欣。

2021-9-18

踏莎行·游石门洞次韵范诗银先生

　　溪绕螭虬,山奔貔虎,无梁门户双崖古。悬泉喷雪一泓寒,泻来北斗通仙府。

　　岩字苔文,峰云草露,几多过客曾长住。当时刘谢各

无心，山川却记功名簿。

2021-10-17

浣溪沙·洪湖泛舟

一线烟云天际摩，青堤芦影界银波。野凫踩水入秋荷。
飞艇激心忘我老，惊鸥逐浪觉鱼多。南天无霸乐如何。

2021-10-22

南乡子·偕绩溪徽州文化采风诗家步徽杭古道

古道向天盘，我是初来不识山。一揖群峰无笑我，漫漫，峭壑危岑路实难。

坐石摘云看，尽说江南第一关。多少英雄都过了，天宽，须信苍鹰未可拦。

2021-10-26

2022 年

菩萨蛮·洪湖谒绍南村

稻花万顷平如水,冲天拔剑长碑起。碑上血香存,当年缚虎人。

铡刀歌壮烈,骨色青如铁。铁骨种洪湖,湖莲与世殊。

2022-4-10

鹧鸪天·大德镇万亩人工治沙示范区

曾作沙源祸四方,沙丘夜夜换眠床。请来教授名麻浩,誓把沙魔变草场。

沙打旺,小钻杨,一针一线补沙囊。春风再不对人吼,倒献鲜花媚女郎。

2022-8-2

减字木兰花·访赵一荻故居

　　小楼别院,薜荔披墙藤似篆。静立香房,看着琴声出琐窗。

　　将军年少,国破相逢难一笑。冒死陈兵,余事无非是爱情。

2022-8-12

西江月·夜游双凤楼　　次韵孙成尧先生

　　凤铎锵鸣杂佩,夜来梅澥秋风。楼前小立欲从容,月隐流云目送。

　　亦足为欢初嫁,江东骈鹭匆匆。乘龙纵入广寒宫,青简胜他荒冢。

2022-8-28

2023年

鹧鸪天·访蔡山晋梅次韵兼寄范诗银先生

萼破千年未尽缘,江心寺里骨如仙。有心座畔听经本,无意花中作榜元。

香拂殿,影笼坛,数枝风雨莫相怜。行人弗忍随春去,绕树裴回却不言。

2023-2-12

浣溪沙·题行吟阁贺"湖北诗词"公众号上线

碧瓦明窗纳白云,苍山漠漠水潾潾。梁栅风绕待喉唇。

梦泽行吟成郢曲,鹤楼提笔续斯文。鸣于在线听琴人。

2023-2-13

偷声木兰花·偕爹山诸贤乘长江荣耀轮赏灯光秀

　　垂云吝放星辰看,春雨潜来寒不灿。夜上江船,底事心花却熠然。

　　夹江楼厦衣流彩,似摆裙腰呈舞态。剪取虹光,紫绿红橙跨大江。

2023-4-1

西江月·青果巷

　　半巷养商门户,数竿涂壁蔷薇。古人未说几时归,小院坐听茶沸。

　　如骥毕生奔跃,像风终日追飞。君无怨我惜芳菲,青果巷中无愧。

2023-5-19

鹧鸪天·癸卯与诗会宿常州怀东坡

昔过常州不肯停，只缘苏子旧伶仃。怯无清泪酬春梦，疑有愁魂守故庭。

灯火市，雨如星，今宵遥望舣舟亭。觅君诗读如相见，读到伤心酒复醒。

2023-5-20

鹧鸪天·游高平良户村

凤翅山前飘彩幢，护村流水自潺湲。歌传卧犬年年巷，春到雕花处处窗。

存古宅，点新釭，石狮也惯太平腔。归来心事人谁问，借栋书楼老此邦。

2023-6-13

西江月·麂子渡村

浪卷峡风撞石,水牵山影过桥。粉墙黛瓦院花娇,无限波澜静了。

梯垄可茶可果,社规宜产宜销。一村日子画中描,白麂青崖含笑。

2023-8-7

浣溪沙·参观百瑞源枸杞产业园

枸棘丹珠六月收,碛沙已共富民谋。贺兰山下古灵州。天物精华容健啖,浮生光景得长游。红尘百瑞有源头。

2023-8-19

浣溪沙·题立兰酒庄

翠架行行写捷书,葡萄紫粒世间无。石头长出报恩珠。
美液酿成红玉腻,瑶杯浮起冷香殊。酒仙正爱立兰居。

2023-8-20

翻香令·贺兰沟看岩画

嵯岈山壁尽岩羊,跃来蹦去比风忙。追云上,追人下,仔细看、却是石头黄。

问谁岩上刻腮庞,古人原也俏皮郎。最先弄,涂鸦事,后来人、承学待商量。

2023-9-10

东坡引·癸卯庚楼诗会席上分得"夜"字

新凉南浦夜,重结庚楼社。灯街漫似天河泻,澄江无月借。

分杯可矣,莫分愁也。寒雨细、临窗下。客心闹肆如荒野,醺醺微饮罢。

2023-9-25

浣溪沙·宿龙凤山庄

一夜清辉一夜阴,缘何秋月识人心?山窗枯卧听虫吟。衣袖一挥云自散,瑶阶半退意难禁。若无若有梦侵侵。

2023-10-25

鹧鸪天·东坡赤壁诗社建社暨《东坡赤壁诗词》创刊四十周年座谈会次韵罗辉先生

诗伴诗心四十秋，满城云锦豁青眸。连山好竹黄冈立，绕郭长江赤壁流。

天共远，水同悠，东坡功业在斯州。快哉风举帆千里，一代文章正画筹。

2023-12-1

中长调

2014 年

贺新郎·瞻章华台遗址

觅取章华路,共登临、楚畴千里,看非离黍。梦泽菜花金欲灿,万片浮云贮雨,春意最、池头柳着。指点残丘浑不似,尽东风、犁出丰收亩。何处便,细腰舞?

英雄筚路曾如虎,挟风云、观兵问鼎,震中原主。几许君王能到此,霸业真难学去,虐也者、浮生自误。空筑琼台烟渚里,怅游人、解听烧痕语。都莫恨、本尘土。

2014-4-7

水龙吟·游君山遇雨

此番风雨如何?洞庭拟涨波三尺。蒹葭绿黯,霭烟白重,楼山互失。绕石花蹊,跨桥茶港,眼前春寂。顾那边执手,柔情一伞,花听得、声如蜜。

旧事湖山说起,惹闲愁、供人心嫉。莺飞柳井,倚亭青橘,传书神迹。野竹情多,湘君泪暖,斑斑如昔。问流年过去,平生百种,孰能相匹?

2014-5-13

永遇乐·过卢沟桥

晓月孤清,古桥寂寞,流水轻诉。读石寒深,抚栏露薄,城堞疑鼙鼓。弹痕易觅,国愁难遣,狮子哪堪细数?倩谁知、繁华不抵,旧时血腥风雨。

承平未久,九州将息,榻侧伏狼踞虎。河岳怀柔,乾坤用忍,赢得胸如堵。问询瀛海,鬼伥弄影,新觅卢沟何处?莫惊醒、长城万雉,枕戈豹旅。

2014-6-30

水龙吟·次韵送王崇庆先生归荆州即席

　　黄鹂翠柳双街,秋香消歇寒犹浅。玉沙词客,归舟樽酒,清风莫叹。菊意荷香,吟灯萤案,原非消遣。记行吟泽畔,几年邀月,书窗懒、芳菲眼。

　　联袂归来老伴,神仙侣、章华别馆。闲花拭剑,清风读赋,茶分酒暖。鄂渚舒心,荆江解颐,句成长短。更舟车无碍,樱花盛处,呼君来看。

2014-12-29

2015 年

金缕曲·登楚天台

　　湖上风追雨,到眼前、危檐声乱,似敲心鼓。天地浑茫寒似铁，北望流云牵雾，欲收却、柔佛巴鲁绿去。一季浮香虚影事，被雨锄风剪消无数。樱与李，等尘土。

章台旧梦如何拒？问谁知、多情有毒，梦来如虎。肯借漫天风雨我，扫尽萦怀残缕，更扫出、彤霞玉宇。独倚阑干惟自笑，算年来、华发根根苦。长笛起，裂如诉。

2015-3-19

贺新郎·登白浒山

心热登山易，古径斜、枫丹阶滑，石寒苔碧。铺就一坡秋草顺，看去分明虎脊，天已近、苍鹰二一。料得山南唯我在，趁风来、长啸回音寂。三两步，大江立。

关山难抗当年敌，怅残壕、炮台野菊，点醒遗迹。天地浓霾江北锁，江上楼船鸣笛，听却似、防空警急。一纸降书终献我，问诸君、烽火如何息？莫更仰，江山力。

2015-12-11

2016 年

念奴娇·丙申夏参观中原突围纪念馆

竹竿河畔,又南风、一旌漫卷红色。欲雨欲晴祠馆暮,往事图文细阅。烈士名存,将军策在,最碧英雄血。佳人似解,领头详与人说。

忆昔剑舞中原,孤军成虎,敌焰重围如铁。三路奇兵走为上,鸿雁高飞天阔。布阵江淮,挥戈秦岭,呼应乾坤略。江山战罢,至今肝胆犹烈。

2016-7-8

2017 年

永遇乐·赠湖北省老年大学诗词研修班毕业学员

珂雪潜滋,枫香熏染,诗教如许。夜阅笺花,朝谈韵令,一课寒兼暑。忘年深谊,会心佳境,相识斜阳几度。若平常、何须似此,细思旧时风雨。

天鹅湖畔,羽杉荫里,楼馆参差犹故。临别多言,倾杯还笑,不笑心无主。平湖烟色,望中无限,互嘱秋来相遇。却惟有、书窗独坐,月明暗处。

2017-6-14

金缕曲·丁酉重阳偕诸友谒北伐汀泗桥战役遗址

汀泗桥前路,细勘来、峰屏水堑,锁龙囚虎。自古江山太寂寞，总赖英雄相助，须战火、焚余名著。是处秋花香有异，记当年、碧血洇黄土。谁共我，穆如许。

一生赢得青碑伫，供来人、情多洒泪，志多生怒。天下不平均可划，给你青春莫误，断不卧、寻常人墓。几个将军名叶挺？且执旗、为了黎明去。楚客曰，有三户。

2017-11-6

金缕曲·登长沙天心阁

危阁中南镇，此巍然、潇湘俯视，洞庭遥引。为我壮观留一角，楚渚风流相认，指岳麓、枫红隐隐。洲上少年城上日，让人间、秦后无论晋。愿相护，梦芽嫩。

若无旧忆惟前进，算今朝、只倾菊醴，岂凝霜鬓？世劫非吾能管束，四顾犹疑兵烬，剩个我，城头风紧。拍痛栏杆心反热，待何时、一洗星沙恨。文夕火，灸尧舜。

2017-12-8

2018 年

念奴娇·荆州剧院观歌舞情景剧《沧浪水清》

　　沧浪一水，楚原上、润泽无边春陌。万顷良畴如玉碧，点点澄湖琼液。沙市楼台，江陵烟树，沉醉人间色。华堂歌舞，声光演到今夕。
　　忆昔雨怒如疯，水奔饿虎，已痛分洪策。又抗洪峰千万丈，挺起荆江铁脊。石闸当关，青堤作锁，百载禹功积。江豚欢跃，荆州好住嘉客。

2018-6-18

满江红·鄂州西山望江亭次韵段维教授

　　振翼亭轻，踞形胜、琼崖百尺。二三客、凭栏望久，江横瑶瑟。鄂市烟沉楼剩影,吴船笛远波无迹。任行云、带雨过樊川,寒沙碧。

分合事,碑犹刻;家国路,灯难熄。趁英雄青发,山河完璧。四海豺狼思吮血,百年霜雪应惊魄。笑孙郎、基业割江东,星天黑。

2018-12-19

渡江云·偕妻葛山赏雪

停云铺鄂渚,岁残日嫩,雪阵未全收。松亭人共坐,指点轻明,山外几家楼。风缠琼碎,玉砂舞、娇笑寒柔。斜竹径、石阶冰软,履迹上嵩丘。

忘愁,坡梅将语,老道能歌,更璇花时候。欣此生、萍踪何惧,鸿影相畴。黄昏踏雪辞山去,叹葛洪、灵药应休。携手处,寻常滋味悠悠。

2018-12-31

2019 年

华胥引·武昌迎文政公得"湿"字

洪山樱晚,楚市灯深,画堂凤集。座上看君,新筛一盏春水碧。辽海来客多情,属鹤楼相识。但记今宵,别肠盛满还汲。

风物堪评,到如今、鬓丝添色。千桃过眼,几多浮名事迹。种秫观鱼似梦,待归来收拾。薄醉生涯,青衫幸未沾湿。

2019-4-6

唐多令·寄中华艺术大家研习班诸同学得"涯"字

携手聚京华,夺袍谁一嗟,记北湖、夕影晨霞。挥麈瑶堂风忽起,倾心处、笑拈花。

江满洗清沙,群山望尽遮,别来云、数过陶家。若使重逢应说道,怜君笔、是生涯。

2019-7-2

水调歌头·漳河水库泛舟

漳河一掬水,旧已濯吾缨。而今重到,沧波又濯我心清。斜指烟鸿跋涉,遥看秋山起伏,未若此中平。扶舷觉而笑,半世犯神经。

陶朱智,子陵节,自古凭。荻芦佳处,有人独钓一湾青。大隐直如小我,长乐还应浅醉,幸作太平丁。舟泛荆门日,偕侣看云行。

2019-11-18

2020 年

声声慢·庚子春疫中酬范诗银先生

山街院小,水月楼孤,春声懒带春情。梦半何如醒转,虫绞愁情。薄衿时寒时热,卧难平、几许劳情。游廊影动,白衣香淡,梅里温情。

无端良辰废却,城云黯、江风牵引群情。酒市渔乡灯罢,欲断人情。而今不妨翘首,看江湖岂剩悲情。凭栏仗剑,信浮生,不忘情。

2020-2-14

一萼红·春夜雷雨次韵再呈范诗银先生

电光中,看净天大帚,一洗市灯红。城外云流,江头雨走,唤起处处春风。指天阔、雷行龙影,笑沉渣、滚滚海门东。梦上檐飞,凭窗抱膝,不是孤篷。

世惯无常磨劫,忍寒宵羁雁,一气当胸。策出京华,情浇楚甸,毕竟天上晴空。此番事、岐黄可解,破愁城、草木得春容。待整新筹旧约,雨促香浓。

2020-2-15

水调歌头·陪父亲至孝感花园镇访老部队旧址

故迹识㵐水,小站抵花园。黄沙一径何觅,闾市掩桑田。不辨眼前风物,只记坡边安寨,朝可望东山。借问槐荫叟,含笑指楼盘。

一甲子,老兵在,事如烟。旧时师部,翠深红粲起重轩。湖畔扶栏指点,当日柳营月色,曾照万家安。顾看忽无语,沉默返芳年。

2020-6-21

高阳台·贺鹰台诗社公众号创建

水澹山蓝,堤平树重,一湾如海渟洄。桥畔台高,凭栏极目扬眉。东湖无限风华在,那扁舟、只载新醅。问青莲,是放鹰飞,是放诗飞?

湖山几许曾经事,笑樱花万片,与梦微微。白社相逢,江郎彩笔相随。谪仙已去何人替?看诸君、尽属芳菲。筑新台,水月微醺,写我心扉。

2020-6-29

2021 年

定风波·东湖行散遇雨

自古春风养不家,春光速若草惊蛇。知我逢春无别趣,阻雨，湖轩补看水开花。

炸耳惊雷松骨亮，余响，林梢只合散青鸦。谁手拧云千万滴，不急，些些冷雨怎无涯。

2021-3-30

安公子·瞻鄂州观音阁

古阁登孤屿，嵯峨一砥吴江柱。西望青峰螺数点，接晓云春渚。浪不倦，层澜撞石珠如雨，人道是、帝业昌于武。报凤栖龙卧，曾肇江东新主。

成败堪无语，水鱼争执终成土。点破迷津何所益，但斟吾倾汝。共风乐，临江曼舞纷纷絮，君见未、吕祖眠如瞽。任雪浪夔巫，尽日顺流荆楚。

2021-4-11

石州慢·访大悟金岭村

水跳枫溪,庐避岭云,颜子遐裔。依稀僻巷书声,古石苍苔如字。紫桐花影,染香院角东风,喳喳山鹊翻飞喜。阡陌换年华,是今朝春意。

村丽,机耕云水,花播川原,廊桥焕绮。种富年年,一梦青葱如是。旧游飞燕,竹篱亩畹泥芬,料应大别无前例。待我老能耘,辨田园荼荠。

2021-4-19

暗香·庚子岁杪鄱阳 姜夔纪念馆赏梅次韵

一湖铁色,正霜枝递盏,冰风横笛。立像低眉,冷袖虚飘欲新摘。相对原如故雨,还记取、分香濡笔。却已恨、白石儒儒,惟解不安席。

槐国,自寥寂,况倦旅短檠,千钧愁积。梦回暗泣,辜负春风莫须忆。月影黄昏祠馆，叹不尽、浮生寒碧。便万阕、歌清雅，又谁唱得。

2021-4-28

八声甘州·登采石矶三台阁

瞰巨川潮阔上青天，弹丸似连峰。叹石惊浪壁，渚欺舸阵，万载皆同。嬴甲千人一踞，六代国重封。往事燃犀角，照透英雄。

联璧台前垂手，听骑鲸捉月，也信江风。是百无聊赖，故愿蹈仙踪。羡青莲、倾杯卧石，笑祖龙、霸业过匆匆。谁随我、登高阁去，俯悯蜗虫。

2021-5-1

庆春泽慢·偕诸君游昆明捞渔河公园

娇日筛银，飑风揉玉，滇池眼底奔来。浮黛遥山，彩云时阖时开。沙鸥不解涛声老,向兰舟、翻翅敧歪。结清游,披着霜丝,笑着童孩。

心头私刻捞鱼事,记秧冲雨霁,野水垓垓。竿网针叉,裤筒高卷成排。渔樵功业开蒙早,把欢声、一网兜抬。比如今,多了工夫,少了皮鞋。

2021-8-18

念奴娇·辛丑秋登鄂城西山次韵何言兄

樊山锁钥,正金天遥阔,晴云南北。秋水烟沙江正满,一盏葡萄醅色。暗桂芳羞,古松风妙,何必寻林泽。此心慈处,眼前皆属香国。

大帝功业如何,寒溪台馆,指点纷纭客。容易笑人难笑己,不解北冥鳞翾。鄂市车声,吴江舰笛,尽是人攀陟。武昌楼上,莫教飞去霜魄。

2021-9-26

定风波·绩溪游龙川古村

　　峰隐云香雨未寒,板桥千载旧苔斑。数户白墙花袅袅,恰好,水街一里遍衣冠。

　　政得清声商得富,曾悟,如心亭上几凭栏。坊石表功称奕世,青史,一家可助万家欢。

2021-10-18

2022 年

紫玉箫·壬寅小满日贺长缨诗社成立次韵范诗银先生

　　枝弹金丸,花燃榴火,楚江宜濯尘缨。轻风散发,趁铁衣归匣，扶翼鹓鹏。朔雪边月，皆取作、老凤新鸣。朱弦抚、多情换来，两鬓回青。

丹心久染诗癖，聆壁上龙泉，夜夜奚声。人间事好，畅清衷、衡芷漫续骚经。率千金字，排笔阵、韵弄仓庚。香山社，新结子期，一展旖旌。

2022-5-12

贺新郎·致壬寅中华诗词学术论坛莅荆门嘉宾

大雅犹当作，到而今、繁华锦粲，清怀须药。珂马金貂尘土事，何处将心碇泊，叹魏武、临江横槊。翙翙蝇蝇君与我，若无诗、山海成沙漠。空对月，怎生乐。

邀君来解荆门钥，细平章、人中绀弩，云中黄鹤。满座衣冠思迈古，李杜望如大岳，更何况、新莺争跃。莫谓骊珠垂手得，笑从来、诗比豺狼恶。谁共我，用心捉。

2022-6-12

行香子·参观天门长寿山原村

　　雨卸云轻,翠叠山晴。沃畴间,塑帐连营。瑶池仙种,毕现真形。挂番茄红,葡萄紫,鸭梨青。
　　偷闲尘里,娱心垄上。且陶陶,做了渊明。偕亲唤友,别却愁城。去童园疯,桃园采,稻园耕。

2022-7-25

宴清都·章古台

　　绿海森然敞。登塔听、贴面松涛轻唱。浮日灿金,凉云吐絮,地平天旷。遥街眺似楼舫。万里橹、齐心逐浪。欣眼前,恰是风畅,林畅,政畅,人畅。
　　回想。沙卷风狂,日蒸水死,天变魔障。求松借柏,医虫拜草,寸寸安壤。愚公迎难直上。七十载、人天对抗。未来拼、沙静如囚,子孙无恙。

2022-8-2

南楼令·抵沈阳过九一八历史博物馆

初见警时碑,长街日色颓,顿无声、耳受惊雷。已料辽东多旧恨,却难忍,肺燃煤。

狮病弱无威,可怜鹿正肥,看鲸鲵、掀海穷追。百载仁心拖血债,和为贵,笑何为。

2022-8-13

苏幕遮·壬寅新秋偕草堂诗社诸君夜游二乔公园

解轻衫,风逐暑,水色红蓝,波动如将语。湖上无星云不雨。那畔歌声,这畔轻愁举。

问英雄,何处去,铁马纶巾,天下宜征旅。江月打帘相忆否。谁记双乔,立老嘉鱼浦。

2022-8-27

2023年

一剪梅·癸卯二月初三陪安陆诸君游东湖小梅岭

老蕊何曾减暗芳,前树银香,后树金香。东风妒煞岭头妆。一袭青裳,一袭丹裳。

泽畔桥西花影旁,欲折何妨,折恐相忘。放翁化作几梅郎。笑自心强,醉自心狂。

2023-2-22

青玉案·癸卯春游洪湖临水庐农庄

方塘莎草柔如发,风手过、绸丝滑。花被点燃蜂未瞎。偷梅酿蜜,芸薹怒煞,百亩黄金炸。

寻常蚌蛤鲜加辣,佐酒还珠倩君察。河畔汉王营旧扎。

古桑倚得，野亭卧得，多少英雄杀。

2023-3-15

解连环·与第四届中华诗人节暨第九届杜甫国际诗歌周谒杜甫故里

落芳春晚，恰青溪雨住，空山云散。拜祠馆、都立新阳，伴槐楝香幽，天如思远。礼鼓鼙鼙，恍若是，心声数点。看追花舞袖，摇风吟帜，慰谁愁眼。

如今芳草冉冉。对当时尧舜，只忧无怨。叹野老、春日吞声，是胡骑黄昏，游魂流转。双鬓看吾，到此处、斯人难见。或应羡、偶遇时平，诗书漫卷。

2023-4-25

卜算子慢·题高平珐华艺术馆

与天谋色，与火谋魂，与玉谋其昭质。器出高平，试问阿谁失密？霎时间、一府神工栗。尽禀道，青黄靛紫，除非造化之贼。

磨砺朝元客，算炼己千炉，得卿一尺。粉立筋堆，珐彩流光熠熠。叹尘寰、奇技生奇绩。正制取、倾城万状，作繁华痕迹。

2023-6-8

青玉案·观镇北堡西部影视城

贺兰山外云如羽，落日冷、孤城暮。柳巷无分今与古。酒旗危堞，驿楼边戍，物景当时布。

那年大话西游路，笑罢萧然泪如雨。不过如今谁记取？悟空难返，紫霞难恕，苦海成尘土。

2023-9-20

蝶恋花·赞房县朱胜利

自古犁耙催水响。山堰耕耘，野事劳丁壮。今日闻君思路广,农机开出乾坤朗。

　　合作耕收心倍爽,流转田畴,不负春秋望。造血扶贫多硬仗,扎根房县千山上。

2023-9-22

贺新凉·癸卯中秋前一日虎桥酒庄夜饮赠李光华先生

　　虎渡流青渌,映微波、雪芦初绽,惹人嗟蹙。斜日洞庭舟过了,蓦忽云间片玉,浑欲忘、歌筵觞祝。风露轻寒禁得否?幸今宵、共与清辉沐。高会客,有酃醁。

　　红粮一窖千年馥,暖多少、孤怀断梦,世间胸腹。弥市东街浮香淡,把月堪堪饮足,一川水、助人百斛。倘使素娥明我意,必不教、桂影归如镞。还与我,坐相沃。

2023-9-29

解语花·芙蓉镇

香浮饯馆,货列楼门,街石光如月。雨檐声澈,山阶曲,一巷伞花舞蝶。云峰斧缺,向酉水、悬波数叠。今看来,楚蜀通津,肆本仙宫设。

观影情怀有别,顾新房当日,言笑明洁。指纤羹热,应怜处,岂止扫街堕睫。年华窈活,惟侥幸、煖风融雪。人世伤,心在磨平,仍水柔山倔。

2023-10-10

满江红·癸卯秋吴门董学增先生过武昌分韵得"古"字

黄鹤矶头,弹铁铗、半生如许。念此夜、江边邂逅,暮秋烟树。旧事曾从缨网听,新愁但向琴言悟。赞先生、皓发出商山,推高步。

杯乐在,茗帮举;诗乐在,吴门住。耐扶风歌罢,舟下南浦。每对江山无语日，总缘肺腑天然处。别后我、更觉骨嶙嶙，容颜古。

2023-11-6

念奴娇·柴桑谒陶靖节祠

　　移祠中野，合渊明心意，其魂安矣。亭洁廊空林馆静，山墓萧萧乃尔。菊圃花新，柳堤叶老，风调颇相似。慨然思古，几曾修得闲止。

　　三径彭蠡归来，茅檐褴褛，禀气无违己。酒漉葛巾还复着，琴抚无弦趣旨。愧我迷沉，识君心远，已脱愁城里。怜看五斗，折腰比比皆是。

2023-11-12

征招·悼扬州大学刘勇刚教授

　　万灯泼洒长沙水，欣欣酒醒湘浦。鹤上武昌楼，论人间诗苦。近来吴会路。独君立、柯桥秋渡。更约扬州，瘦湖听月，竹西听雨。

何事报晨寒，惊魂处、崇名寂然标汝。恰脱叶纷纷，坠瑶阶玉础。众生皆逆旅。恨抛却、少年儿女。悼君辞、早赋百年，怅夜昙飘邈。

2023-12-24

念奴娇·贺天门女子诗社成立三周年

茶经楼外，有西湖寒碧，竟陵佳处。一市人家秋渐远，倚槛遥山眉妩。菊已拳黄，梅犹孕粉，待雪承春步。名媛开社，柳风沉醉三度。

拟见胜友如云，芳菲那日，细草裙腰聚。酒醒易安清兴发，吟到谢家风絮。月落香笺，梦藏红叶，挟瑟依芳树。笑兼之泪，几多都在胸贮。

2023-12-27

我的诗词观片断（代跋）

我的青春期正值新诗的黄金时代，当时不想当诗人的少年不是好少年。很长一段时期，新诗都在我的阅读榜单占据一定地位。与流行的汪国真、席慕蓉等人的拥趸不同，我喜欢"朦胧诗"，对海子、北岛、舒婷等都颇为关注。我的新诗创作也大抵是遵循"朦胧诗"的路子，这样的练习断断续续坚持了大约十年时间，其间也并没有将新诗作为唯一的选项，且囿于社交圈子的狭小，与新诗作者的交往也不是很多。但总体说来，这段新诗的练习经历，还是对我现在的旧体诗写作产生了不小的影响。

旧体诗与新诗应该是相辅相成的关系。一方面，旧体诗创作可以借鉴新诗的修辞技法和诗性思维方式，这是近二十年来旧体诗创作方面最大的突破，很多诗人都已经在这条路上探索出了自己的路数，公认比较成功的作品也很多。另一方面，新诗可以从旧体诗中获取中国诗歌的传统基因，使自身更具有中国文化特色，也让自身接受一定的规则约束，因为诗歌无拘无束、放飞自我也许并不是好事。因此，新诗不要想着消灭旧体诗，旧体诗也不要想着拒绝新诗。

从诗词的审美追求来看，当代旧体诗大致可分为三种，当然它们还可以进一步细分。第一种可称为"求新派"，即敢于吐故纳新，尝试在旧体诗创作中采用新诗技法。由于旧体诗本身就风格多样，所以"求新派"也有很多类型，曾衍生出"实验派""新国风"等诸多名目。如有以"幻"制胜者，以嘘堂、李子、独孤食肉兽等人为代表，现代意象的加入使其作品极具想象力，令人耳目一新，颇受青年诗人关注。有以"巧"制胜者，以杨逸明、刘庆霖等人为代表，作品构思奇巧，采用通感手法，注重跳跃思维、逆向思维，锤炼词汇出奇制胜，不惮用口语入诗。以其通俗易懂且点化出彩，甚得时人追捧。"求新派"应可成为诗词在我们这个时期的重要代表。第二种，姑且称为"守成派"，即在创作中秉持中国诗歌传统，讲究诗学功底及渊源，即或是创新也不会骐骥一跃，总在传统审美所能容忍的范围之内。这一派风格多样，代表人物非常多，如王蛰堪、熊盛元、刘梦芙、杨启宇、熊东遨、徐晋如等，在某种程度上，此派可以代表本时期旧体诗创作的真实水准。第三种是"自我派"，此派是旧体诗的爱好者，在创作理论上没有太多的追求，写诗是为了抒发个人情志，对诗学也不刻意研究，也正因如此，其作品往往不甚出色，有些甚至被诗坛讥为"老干体"。但这一派人是当代诗词的基数，不应被忽视。以上分类颇不成熟，仅为一孔之见。就个人而言，我觉得自己的旧体诗创作比较接近于"守成派"，不愿哗众取宠，亦不愿"泯然众人矣"。

旧体诗作者的创作风格与其职业和年龄相关与否不是绝对的，青年诗人也会写出"老干体"，退休干部也能跻身"守成派"。诗风更多的还是创作者品性与学养的呈现。

旧体诗目前的繁荣有点虚，因为旧体诗的主要读者是旧体诗的创作者，这与新诗的状况一样。在工业化时代，诗歌想恢复到唐朝的地位，怎么可能？但诗歌永远不会缺少读者，旧体诗人和新诗人都不要为读者少而焦虑，只要作品能打动人心，读者就会像大雁一样来找你。

我坚持认为"求新派"与"守成派"的主要诗作代表了当代旧体诗创作的水准。与唐宋诗歌的辉煌时代比较而言，当代旧体诗在题材上大大开拓了创作疆域，对当代生活的方方面面都有涉及，这是唐宋诗人永远无法想见的。此外，在创作手法上，当代旧体诗也有一些新的突破，例如夸张、象征、比喻等修辞手法的交叉使用，尽管这些手法都可以在古代诗歌中找到影子，但我们无法否认当代旧体诗写作的创新尝试。至于与当代新诗比较而言，旧体诗在技法上还是显得保守一些，但我认为这不是文言与白话的区别造成的，白话能做到的文言一样可以做到。旧体诗的修辞节制与其内敛的秉性相关，它更应该学习新诗的张扬。尽管我们知道，自由化泛滥的张扬将新诗引向了一个难以预知的迷宫。新诗就像一个被宠坏了的少年，他似乎不接受任何约束，既不听爹（西方诗歌）的，也不听妈（传统诗学）的，但爹妈又都舍不得教训他，还把他养得肥肥胖胖的。照这样发展下去，也许新诗能发现新大陆，但也许会一无所获，直至被更新的诗体所替代。因为反传统，一旦新诗被更新的诗体所替代，它就必然会成为一个无人涉猎的怪物。至于旧体诗，在诗歌流变过程之中，被"替代"的次数太多了，总以为它会消亡，但它依然矗立在那里，谁也不敢真正忽视它。在当代，旧体诗面临的困境是前所未有的，口语化的新诗给它造成了极大的生存危机，因为新诗不是一个善意的客人，而是一队破城而入的兵士，它们需要的是城垣中的绝对臣服。当然，现在的情况要好很多，人们越来越认识到，产生新的，并不意味着一定要消灭旧的，但这种包容的自信显然是当代新诗所匮乏的。当代旧体诗创作必然会有不足之处，但它不会因为被当代文学史漠视而消亡，几千年的文化积淀不会让旧体诗从中国人的血液里轻易被稀释。

在当代语境下，旧体诗写作面临的最大问题不是语言，而是语言的创新。旧体诗的写作从来都是面临挑战的，有追求的诗人不会躺在一堆陈词滥调上自我陶醉。在相当长的历史时期，以文言书写为主的旧体诗都生存在白话语境之中，你可以批评它缺乏平民性，因为诗歌原本就是精英写作。语言的创新不是用白话代替文言，李杜苏辛都是在文言的领域里让诗歌焕发出万丈光焰，四大名著中的引诗也没有采用当时已然流行的白话。旧体诗语言创新，应该是对修辞手法的灵活而合理的运用，应该是在想象力驱使下的语言重组，应该是对平庸语言的潇洒升华，总之是用新鲜的文言打动读者。

我觉得目前的旧体诗创作已经走向了正确的方向，没有新意的作品会被淘汰，没有才华的诗人会被淹没。尽管旧体诗创作的基数很大，但好的作品总会脱颖而出。随着年轻诗人的成长，中华诗歌传统会被一点点接续起来。这个趋势是任何人力所无法遏止的。事实上，如果现在还有人想去遏止中华传统文化的正常发展，他终将会被历史所嘲笑——如果他还能被历史瞧上的话。因此，我认为当代旧体诗在未来会找到真正属于自己的文学史地位，也许不会大红大紫，但也不会永远缩手缩脚。

旧体诗能否反映当下生活其实是一个伪命题。旧体诗总体上是用来言志抒情的，人类的情感志向难道高妙到连存活了两三千年的文言都不能有效表现了吗？而对社会生活的反映，只要抓住其本质，灵活使用诗歌技巧，诗体根本不是问题——不用心创作，新诗也不一定能得心应手。至于说旧体诗"是落后的文体"，实在是过于主观肤浅，大米、小麦出现多少年了，你觉得它们落后了吗？

当一个合格的旧体诗作者比当一个合格的新诗作者要难得多。新诗作者当然也不容易，对作者的情怀秉性和知识结构也有很高的要求。但新诗创作入手要便捷些，门槛要低些，现在不是有些新诗作者只需要会按回车键就行了吗？新诗创作画虎不成也许还类猫，旧体诗创作画虎不成可能连犬都不是了。因为旧体诗承续了中国诗歌太多的传统，对于每一位涉足者而言，他面临的都是一片汪洋大海，绝不是一股涓涓细流。旧体诗作者除了要具备诗人的秉性外，还要掌握一些声韵格律方面的基础知识以得其门窍，要泛读背诵大量古人的作品以培养语感，要精读一定数量的经典作品以揣摩诗道，要阅读一些古代诗论以提高品位，而这些恐怕还只是诗内功夫。陆游说"功夫在诗外"，二十四史虽不必通读，但前四史和四书五经是要重点阅读一下的，因为传统诗词的许多典故都来自这些经典要籍，没有它们撑腰，诗词会没有厚度和深度。此外，"读万卷书，行万里路"，李白曰"一生好入名山游"，名山大川、名胜古迹必须看一些。《红楼梦》联曰"人情练达即文章"，旧体诗人还不能是一个书呆子、诗呆子，他必须是与社会紧密联系起来的个体。总而言之，写好旧体诗，需要诗人全方位的成熟，而不仅仅是一腔热血，毛手毛脚。所以杜甫感慨"庾信文章老更成""老来渐于诗律细"。或许也正因为这样，所以旧体诗作者在当下很难快速成名获利，这也是旧体诗的局限性之一。

创新是出路，这是没有问题的。但目前旧体诗界有一种风气，即在对传统一无所知或一知半解的情况下妄谈创新。这样的人很少，但有一定的破坏性，让旁观者觉得旧体诗似乎是可以随意打扮的小姑娘。我们所谓创新，应该是"欲穷千里目，更上一层楼"，是一步步迈向新的境界，是对传统的突破而不是破坏。

没有一成不变的事物，当代旧体诗在语言上、技法上的创新其实都还站在前人的肩膀上，较之古代，我认为当代旧体诗的变化有两个方面比较特殊。一是旧体诗的写作者变化了。旧体诗历来是士阶层特有的表达"兴观群怨"的文学手段，不会写诗的"士"会受鄙视，但当下似乎不同，会写旧体诗的"士"才会被人笑话。但当下旧体诗的写作者几乎涵盖了社会的每一个阶层，这在以前是难以想象的。诗歌文学的普及，应该是文学之幸。二是旧体诗的地位下降了。这当然是百年以来新文化运动的结果，世人皆知，不复多言。

我的旧体诗作品尚不具备什么特质，我一直认为自己二十多年的旧体诗写作只是在"临帖"。我们这几代人在文学传统上欠债太多，根本还没有进入诗的门槛。如果说在旧体诗写作上还有一点心得的话，那就是想象力还算活泛，能写几句自己比较满意的句子，不想把诗写得太呆板，其实这也是从杨诚斋那里学来的。如《游张家界》："一入张家界，群山就变疯。束腰羞楚女，列阵愧秦公。猴学孙行者，人皆陆放翁。红尘太严肃，不似索溪中。"再如《三爪仑道中》："朝辞靖安县，大野陡然斜。山变抓云手，路成缠岭蛇。竹风收峡雨，涧响掩人家。我似来星外，轻车作客槎。"这些都只是诗的技法问题，不值得特别嘚瑟。

诗言志、诗缘情、诗缘政……写诗的人都想"缘"点什么、"言"点什么，这是正常的，至于言"大我"之志，还是言"小我"之情，则见仁见智。"诗教"是每个诗人心底里都有的"小九九"。那么，教化谁呢？你自身的修养能教化别人吗？因此端着教化的架子来写诗，恐怕并不合适。如果诗人兼而有社会责任心，用自己的诗歌为某个群体代言，当然好，但应该力避"假大空"，必须比常人更细致地去观察、研究自己所代表的群体。诗人首先应该是一个先知，否则他的诗歌还不如一篇短小的发言。至于将诗歌作为改变风尚的工具，在诗歌生存都成问题的状况下，只可能作为一种理想。诗歌在和平年代应该像喷发过的火山一样，选择冷静。在当下，旧体诗作者能做到言说个体的生命之思就难能可贵了，而诗歌的价值也未尝不就是在此。

感谢《桂岳诗派》编委会给了这个机会，使我得以将2014年至2023年这十年间的诗词习作分体淘选并呈现出来，期待得到老师们的指正！

2024年4月2日于武昌先恕楼